MADAME PERFECTA

Antonine Maillet

MADAME PERFECTA

roman

www.quebecloisirs.com

UNE ÉDITION DU CLUB QUÉBEC LOISIRS INC.
© Avec l'autorisation des Éditions Leméac
© 2001, Leméac Éditeur
Dépôt légal — Bibliothèque nationale du Québec, 2002
ISBN 2-89430-517-6
(publié précédemment sous ISBN 2-7609-3240-0)

Imprimé au Canada

À la mémoire de celle qui a porté si dignement son nom de Perfecta.

À sa famille et à tous ceux qui, comme moi, l'ont aimée.

PROLOGUE

Je sais que vous m'entendez, Perfecta. Peu importe où vous êtes, vous êtes. Vous avez été, donc vous êtes. Le temps ne vous aura pas eue à la fin. Pas vous, puisque vous voilà gravée, tout entière, dans ma mémoire. Une mémoire qui ne cesse de bouger, je l'avoue, comme de l'huile sur le feu, qui se ride, s'enfle, s'enflamme, danse, mais jamais ne s'éteint. Je dirais même que vous semblez à l'aise dans mon imaginaire. Pour une fois qu'on vous laisse vous étirer, vous ébattre tout votre saoul, vous en profitez pour devenir celle que vous rêviez d'être.

Votre rêve rejoint le mien. À nous deux, nous partirons à la quête de Perfecta, la plus vraie que nature, le modèle original du Créateur qui vous a larguée en plein cœur du cosmos, au creux du Temps où, tout ébouriffée, vous êtes venue atterrir un matin de l'An de grâce 1922. Quelque soixante, soixante-six ans qu'on vous a demandé, ça vous va pour accomplir une destinée ? Vous auriez désiré plus, bien entendu, comme la plupart des insatiables de votre espèce ; encore que deux tiers de siècle ce n'est pas rien, vous saviez apprécier.

Je dois pourtant vous dire que votre heure de repos n'est pas encore arrivée. Non, Perfecta. Vous ne reposerez en paix qu'avec le mot de la fin d'un livre qui doit vous rendre immortelle. Pas le livre, je n'ai pas de ces prétentions, mais vous. Car vous vous évaderez de son cadre, telle que je vous connais, vous déborderez des pages, je sais, vous n'êtes pas de l'étoffe dont on fait des écritures, mais de l'oralité.

Laissez-moi donc vous raconter à voix haute, comme on chante, ou psalmodie, ou parle, tout simplement, sans autre effet de style que celui de la parole toute nue. Une parole qui sera la vôtre autant que la mienne, que je vous demande instamment de corriger à mesure qu'elle erre dans les sentiers embroussaillés de la grandiloquence. Gardez-vous et gardez-moi de toute tentation de littérature, gardons-nous dans la ligne d'une vie qui traverse l'espace, si droite qu'elle en paraît crochue tant elle épouse la courbe de la Terre et du Temps.

Cette vie si droite, la vôtre, a pourtant connu ses hauts et ses bas. Vous étiez la mer qui se gonfle et se détend, dont chaque creux de vague prépare la prochaine enflure qui viendra nous bercer de ses ronflements. Durant plus de quinze ans, j'ai assisté aux premières loges à vos ébats au cœur d'un siècle charnière, dans ma propre maison, où nos deux destins vous avaient conduite.

D'abord mon destin, Perfecta, qui vous cherchait de par le monde, qui avait besoin de vous attraper, fût-ce par le chignon, pour combler un trou dans ma vie. Puis le vôtre, qui aurait pu se passer de moi, ne pouvait cependant, faites-moi l'honneur de le reconnaître, se passer du miroir de mes yeux pour vous renvoyer l'image de l'être que vous cherchiez au plus profond de vous-même.

À l'audacieux qui prétend vous avoir connue, ce livre est défendu, j'avertis tout de suite les amateurs de biographies. En douze ans, le temps a fait son œuvre, Perfecta, que je le veuille ou non. Sans doute ne vous reconnaîtrez-vous pas vous-même. Sans doute moi non plus. Car nous partons ensemble à la recherche d'un être qui n'existe pas, qui n'a jamais existé sinon dans votre propre quête de l'existence et dans mon désir inassouvi de création. Est-ce assez vous dire que je ne ferai pas ce livre sans vous ?

1

Quel démon m'a poussée ce matin d'automne vers le Plateau-Mont-Royal ? Démon bénéfique, s'il en existe. Les forêts d'octobre rougissent à la grandeur du pays, j'aurais pu me contenter des feuilles jaunes, ocre et rouges de mon coin de pays. Mais je venais d'élire domicile au Québec et le Québec, à l'automne, c'est les Laurentides. Hâtons-nous ! Le moindre zéphyr va nous éplucher le dernier tremble, érable ou chêne blanc frisé avant la première neige. Mon amie peintre m'a fait promettre de la prendre au passage et...

Je gare ma voiture devant l'entrée d'un studio où s'entassent une demi-douzaine d'artistes qui salissent avec la même ardeur toiles et planchers de bois mou. Chacune sort la tête du châssis de son chevalet, asphyxiée sous les effluves de gouache et de térébenthine. Et j'entends pour toute salutation :

— Madame Perfecta a oublié de fermer son poêle à gaz.

Madame Perfecta ?

Je fais un tour complet sur mes talons et je la vois qui se morfond. Un front qui se veut humble mais qui reste fier, un port droit, des yeux noirs qui plongent dans les miens pour me dire qu'elle n'a peut-être pas oublié de fermer le poêle, elle n'est pas sûre, elle s'inquiète, sans doute pour rien. Elle verrait bien en rentrant à la fin de la journée.

13

À la fin de la journée ? Je la regarde comme si je la connaissais depuis toujours et j'ose insinuer qu'à la fin de la journée, il sera un peu tard. Je la vois qui lève les sourcils et s'interroge. Qui suis-je ?

Et moi, qui est madame Perfecta ?

La femme chargée des ménages de la maison des artistes, une immigrante espagnole, qui a peut-être laissé le gaz s'échapper de sa cuisinière, qui a passé la clef de la maison à sa benjamine, une fillette de l'école primaire qui rentrera avant sa mère et qui risque en ouvrant d'allumer, et en allumant de...

Mon amie peintre jette un œil dehors à la pluie de feuilles qui inonde ma voiture, la seule voiture garée dans la cour. Je fais le même geste, puis :

— Où habitez-vous, madame Perfecta ?

— Un peu loing. Et c'est grève d'autobous.

Pas la mine d'un chien battu, non, seulement de l'agneau qu'on mène à l'abattoir.

— Escousez-moi, je craignais de me mettre en retard. Cette grève m'a chaviré la tête. Escousez-moi.

— Venez, madame Perfecta. Vous n'habitez pas sur la Côte-Nord, tout de même, ni à l'île d'Orléans ?

Votre premier rire à chatouiller mes oreilles. Il tremblait. D'inquiétude ? de gratitude ? d'angoisse résorbée ? Vous n'avez même pas attendu l'approbation de vos patronnes. Résolument, vous avez enfilé votre veste de laine et m'avez suivie.

Je me laisse guider jusqu'à l'école pour repérer la clef chez la fillette de huit ans où Perfecta explique à la maîtresse que le gaz risque... ce n'est pas sour... mais risque de s'échapper de la maisonne, à caôse de la grève d'autobous... parce que c'est dangereux, vous comprenez... Ce n'est qu'avec mon intervention que la maîtresse comprend que le feu n'est pas pris dans son école mais que le gaz menace d'empester le domicile de la petite maigrichonne du quatrième rang qui vient d'apercevoir l'affolement de sa mère dans le couloir, et qui s'amène en serrant la clef au creux de sa main et en zigzaguant entre les trente-six jambes de ses camarades qui s'amusent à la faire trébucher. Puis nous nous rendons à l'appartement du boulevard Saint-Laurent, au troisième sans ascenseur. J'emboîte le pas à l'Espagnole qui a traversé un continent, un océan et une guerre civile avant de s'engouffrer dans l'escalier qui accuse la trace de trois ou quatre générations d'occupants. Je la vois forcer la clef dans la serrure, la tourner à gauche, à droite, à contre-sens, se préparer à enfoncer la porte qui cède sans faire de manières parce qu'on a aussi oublié de la barrer, à caôse de la grève. Nous ouvrons grandes les narines, humons, rien. Pas le moindre relent de gaz. Inquiétude sans fondement. Elle me montre un visage presque déçu. Tout ce trouble pour un poêle qui ne sait même pas ce qu'on est venu faire là.

— Mais comment savoir ?

— Un seul moyen de savoir, et on l'a pris.

Alors seulement je vous ai vue tranquille, apaisée d'avoir sauvé votre maison d'une possible catastrophe, une maison qui me souriait de toute sa gratitude. Et j'ai pu voir les rideaux à pois se trémousser dans la fenêtre de la cuisine, le bouquet de fleurs des champs égrener ses pétales sur la nappe à carreaux de la salle à manger, le poêle qui ne s'est pas allumé tout seul et n'a pas vomi son gaz meurtrier s'ébrouer de plaisir devant une telle attention à son endroit.

Vous étiez si fière de votre intérieur, ce domicile astiqué et rangé d'une immigrante, mère de cinq enfants, dont quatre issus d'Espagne, puis une dernière à qui il ne faudrait pas oublier de retourner la clef à l'école, citoyenne canadienne de plein droit, née native de son nouveau pays.

— On a le temps de prendre une bolée de thé ?

Le temps de prendre tout notre temps, Perfecta : le temps de laisser l'odeur de linge propre qui se dégage du panier de caleçons empilés sur les draps et taies d'oreiller chasser les relents de la térébenthine du studio des peintres, le temps de changer nos mauvais présages en heureuses prémonitions.

Je ne vous ai jamais dit que votre thé était infect ? Mais ce n'était pas de votre faute. Je dois en blâmer ma mère. Depuis l'époque où elle nous purgeait à l'huile de ricin puis soulageait nos boyaux au séné, j'ai associé toute infusion à cette désagréable opération et pris le thé en horreur. Le vôtre n'était donc pas pire que celui de la femme du docteur et baignait en plus dans une tout autre atmosphère. Au point que je finis, vous vous souvenez ? par tremper votre pain au maïs dans mon infusion sans plus goûter ni le maïs ni le thé, rien que la musique d'une voix sortie du fond d'une Espagne qui a combattu les Wisigoths, les Sarrasins et finalement les fascistes du général Franco.

Les Laurentides étaient destinées à rougir chaque année en octobre jusqu'à épuisement de la terre, mais la voix de l'Espagne transplantée à Montréal ne durerait que le temps de Perfecta... qui se levait déjà pour retourner chez les peintres gratter un plancher de bois mou qui prenait chaque jour un peu plus les couleurs de leurs palettes.

— Escousez-moi, mamozelle...

— Antonine.

— ... escousez-moi, mamozelle Tonine, mais on est en confiance.

L'instant de grâce était passé.

Je la ramenai à son lieu de travail, réconfortai mon amie qui avait vu filer les plus belles heures du plus beau jour de la plus belle saison et serrai la main d'une femme que j'avais connue le temps d'un thé et de trois petits pains au maïs, et que je ne reverrais sans doute jamais, puisque la vie ne passe pas deux fois dans le même sillon.

Vraiment ?...

Je devais vous retrouver deux ans plus tard, en déménageant mes pénates à Montréal au retour d'un séjour à Paris.

2

C'était l'époque où j'écrivais sur papier quadrillé au crayon à mine de plomb, la gomme à portée de main gauche pour effacer à mesure les gribouillages de la droite. Des personnages tout fringants m'arrachaient du lit avant l'aube et me garrochaient tête première dans mon minuscule studio. Pas si vite, pas si vite, arrêtez ! mais ni la Sagouine, ni Gapi, ni surtout la Sainte n'allaient composer avec mes humeurs ; et chacun, à califourchon sur mon crayon, faisait galoper mes doigts. Après trois ou quatre heures de cette course endiablée, ma colonne les suppliait de ménager ma troisième lombaire, une vertèbre ébréchée deux mois auparavant dans un bête accident de bateau de plaisance.

Et je m'étendais sur le plancher de bois franc pour me livrer aux exercices thérapeutiques : une main sur la cuisse pliée à quatre-vingt-dix degrés, aplatissement du dos, muscles abdominaux contractés, élongation, torsion, contorsion, puis coucher ventral, les deux mains sur les fesses... Oh ! j'ai failli avaler une fourmi. D'où elle sort, celle-là ? Si les fourmis se mettent à envahir mon logement, pourquoi pas des souris, des rats, des ratons laveurs ?

— Tu ne connaîtrais pas la femme de ménage parfaite ? que je demande au bout du fil à mon amie du Plateau-Mont-Royal.

— Quoi ?

— Tu sais, l'envahisseur discret qui ne touche à rien, ne déplace rien, ne laisse aucune trace de son passage sauf de me débarrasser des fourmis et des minous.

— Comment, as-tu des chats ?

— Pas les minous qui miaulent, la poussière qui roule.

Non, elle a renoncé à décrasser ses planchers depuis qu'elle a quitté le studio des peintres du Plateau-Mont-Royal un an plus tôt. La femme de ménage parfaite, voyons donc ! Et elle ricane :

— Les femmes parfaites n'existent que dans les livres.

— Peuh !

Et je raccroche.

Parfaite... parfaite... Perfecta !

Je redécroche :

— Et madame Perfecta, qu'est-ce qu'elle est devenue ?

Vous étiez devenue libre et chômeuse, madame Perfecta. Partiellement chômeuse. Et moi seule savais retrouver, en suivant mon nez, votre troisième sans ascenseur du boulevard Saint-Laurent.

Voilà comment je fais de nouveau grincer les marches d'un escalier usé, un matin d'automne, au temps des feuilles jaunes, ocre et rouges, deux ans après l'incident du poêle à gaz.

— Ça sent le pain au maïs fraîchement sorti du four, que je fais.

Elle ne prend pas le temps de baisser les bras :

— Le prendriez-vous trempé dans le thé ?

Un thé sans relent de séné, cette fois, ni d'huile de ricin. Je nage en pleine recherche du temps perdu.

3

Une journée par semaine, le jeudi, Perfecta débarque chez moi. Pas le lundi, c'est pour les Lefebvre ; le mardi, l'Écossaise de Westmount ; le mercredi, pour vous-même. Le jeudi c'est mieux de toute façon, j'aurai eu le temps de salir un peu, créer un désordre appréciable. Car comment nettoyer le déjà propre, me dites-vous, comment ranger le parfaitement ordonné ?

— Allez, mamozelle Tonine, barbouillez un petit brin, gênez-vous pas pour laisser traîner vos affaires.

Vous avez l'air de m'en vouloir d'entasser mes papiers le mercredi soir comme quelqu'un qui se méfie des fouineurs ou des intrus. Jamais de la vie, Perfecta ! Je témoignerais devant le Jugement dernier de l'honnêteté d'une personne issue de la terre des rois très chrétiens. Farfouiller, peut-être, sans le faire exprès, déplacer une feuille par mégarde, laisser le vent entrer par une fenêtre ouverte et emporter un personnage irrécupérable.

— C'est quoi une sagouine ?

— Une sagouine, madame Perfecta...

Comment vous expliquer que vous êtes de la même race, toutes les deux, sans l'être tout à fait, qu'au-delà d'un espace plus vaste qu'un océan, vous sépare la frontière qui se dresse entre le réel et le fictif, que...

Et je comprends que vous avez compris, que vous savez fort bien distinguer une personne d'un personnage.

Vous vous plaisez chez moi, je peux mesurer votre contentement aux vibrations de votre voix qui chatouille les murs de mon logis. Vous chantez. Et ma maison tout entière semble prendre plaisir à voir se lever le soleil sur les jeudis.

— Où avez-vous appris à chanter, doña Perfecta ?

Vous rougissez, puis avec une timidité que je ne vous connais pas :

— J'aurais tant voulu savoir chanter !

Vous allez ajouter quelque chose, mais ce quelque chose ne passe pas.

Un jour, je grimpe trois marches à la fois pour venir déposer ma nouvelle dans son giron.

— Une maison, madame Perfecta, ma propre maison.

— Comment vous dites ?

— J'ai acheté une maison.

J'ai le temps de compter les trois secondes de silence. De déchiffrer son air égaré. De la voir avaler un petit rien indéfinissable qui s'est accroché à son palais.

— Mais, madame Perfecta, vous venez aussi, nous déménageons toute la famille : vous, moi et mes mille personnages.

Elle se ressaisit aussitôt. Mais je comprends que son malaise ne se situe pas sur ce plan-là. Elle n'a pas eu le temps de penser à elle, seulement à moi.

— Ma première maison, la première grande transaction d'affaires de ma vie. Que dites-vous de ça ?

Elle ne peut dire que du bien de ça. Félicitations, mamozelle Tonine. Rien à faire, elle joue mal. Et j'ai trois secondes pour voir son front s'assombrir. Quel mauvais augure vient projeter son ombre sur la façade

21

de ma maison ? Allons, Perfecta, secouons-nous, c'est une aubaine, une superbe délabre avec sous-sol et grenier... un grenier, y pensez-vous ? et trois cheminées, deux lucarnes, des boiseries 1920... Ça ne vous met pas l'eau à la bouche, madame Perfecta ?

— Mamozelle Tonine *pierdo la cabeza...*

... qu'elle a dit à don Diego au retour de sa première visite à une maison dont la femme du docteur n'aurait pas voulue pour ses chevaux. *Pierdo la cabeza.* Ce niveau de castillan, je l'aurais compris. Elle m'accusait d'avoir perdu la tête, rien de moins. Le plus étonnant ne fut pas d'avoir flairé le drame, mais de l'avoir prédit. Car dès sa première inspection des lieux, munie de son attirail de seaux, vadrouilles, balais et torchons, elle ne pouvait pas repérer encore – le pouviez-vous ? – le ricanement des mauvais génies dissimulés dans les murs ou les tuyaux des cheminées.

J'étais innocente, inexpérimentée, facilement extatique, mais pas totalement sotte. J'avais consulté, retenu les services d'une agence, exigé des estimations. Je n'allais pas, dans ma première transaction d'importance, faire rire de moi.

... Mes frères, taisez-vous !

J'achetais une vaste maison à prix abordable parce que livrée ces derniers temps aux quatre vents, et des années durant aux trente-six caprices d'une marmaille sans règles ni raison. Avec l'aide de Perfecta, tout devenait possible : remplacer les robinets qui coulent et poignées de portes cassées, gratter les graffitis à l'huile sur les vitres des chambres à coucher, remodeler la cuisine, ramoner les cheminées, rafraîchir les murs et les plafonds, décaper les boiseries et les barreaux d'escaliers couverts de trois ou quatre couches de peinture, arracher les fils électriques restés vivants dans les murs, libérer du même coup une porte en chêne emmurée entre le hall et le salon... en dehors de quoi, tout était en règle.

— Même les papiers ?

Pourquoi m'avez-vous posé cette question, Perfecta ? Je ne les avais pas vus, mais l'agence s'occupait de ce détail. On les cherchait, c'était une affaire de temps. La maison était tellement vieille, née avec la rue, m'assurait-on, puis était passée entre tant de mains ! Toutes des familles plus notables les unes que les autres.

— Bien aise pour la noblesse de la maison, mais pas au point d'échanger vos économies contre un pedigree ? Vous faut du solide.

— Allons, Perfecta, y a pas plus solide que cette maison aux trois épaisseurs de briques.

— Demandez tout de suite les titres, mamozelle Tonine.

— L'acte notarié, monsieur...

J'écoutais, l'œil à pic, les explications d'un propriétaire, habitué de par son métier d'avocat à triturer la loi – les titres viendraient, ne vous inquiétez pas, c'est une question de temps. Justement, je m'inquiétais et, sans faire ni une ni deux, je m'en fus chez un notaire déposer mon argent, le geler jusqu'à l'apparition en bonne et due forme des titres de propriété. J'avais beau sortir des confins du pays, je n'étais pas née de la dernière pluie.

— Nous sommes tranquilles, madame Perfecta. À l'ouvrage !

Je vous vois encore un coup laisser passer cet ange de silence... avant de ramasser vos seaux et torchons et envahir mon domaine.

Et là nous comprenons, vous et moi, que deux exaltées de bonne volonté mais de taille moyenne ne viendront pas à bout d'un pareil chantier. Le morceau est trop coriace, nous allons nous casser les griffes et les dents. Je plante mes yeux d'épagneul dans les vôtres qui ont déjà pris les mesures qui s'imposent : les jours de congé et de fin de semaine, mari, fils et gendres jouent aux cartes et fument sur le balcon, les filles tricotent, téléphonent et feuillettent des revues de mode, et... *por la gracia de Dios*... l'unique frère vient d'arriver d'Espagne.

Voilà donc mes portes qui s'ouvrent un samedi matin à un régiment qui a fait ses armes pour ou contre Franco dans une guerre qui ne le préparait pas à combattre les fourmis et les minous d'une maison d'Outremont.

— *Hombre* ¡ À l'ouvrage, *todos* ¡

Je n'ai plus un mot à dire. Le contremaître, c'est vous.

Chaque vendredi soir, le samedi toute la journée, le dimanche à l'occasion, ma famille d'immigrants débarque sur mon devant de porte et décharge son arsenal d'outils. Et passe-moi ton rabot, et va m'acheter des clous galvanisés, et ouvre-moi ce bidon de peinture, et... *hermanito¿ que haces ¿*... Le jeune frère Jaïmé arrivé d'Espagne prenait tout son temps, il en avait tant à perdre, pour repeindre au blaireau à barbe la face nord de mon grenier. Il souriait, le frérot, de toutes ses dents que l'armée lui avait laissées, parce que l'armée n'avait pas voulu d'un orphelin frappé de mutisme à la disparition de sa mère.

... Mutisme ? Non, un silence rentré, que me répondent les yeux de Perfecta. Mais ce n'est pas le moment de se retourner sur ses années de Teruel en Aragon qui a vu sa mère... pas le moment de se distraire. Elle ne songe qu'à empêcher ses hommes de s'aventurer dans l'escalier fraîchement verni. Soudain, au milieu du brouhaha et des rires, j'entends son cri d'alarme :

— Ne *pissez* pas sur les marches, mamozelle Tonine !

Je n'ai pas le temps de traduire qu'elle a déjà plaqué le plat de sa main sur sa bouche. Mais trop tard, j'ai déjà *marché* dans l'escalier.

Petit à petit, nous en venons à échanger nos cours de langues, toutes les deux. Mais vous avez de l'avance sur moi. Au point qu'un jour que je n'en finis plus de vous harceler sur les temps de verbes irréguliers :

— Si ça continue, mamozelle Tonine, vous devrez me payer comme professor et plus comme femme de ménage.

— Sans problème, doña Perfecta, mais vous le regretterez : un professeur, ces temps-ci, gagne moins qu'une *criada*.

Je suis bien placée pour mesurer les colonnes des rentrées et des sorties et voir de quel côté penchait la balance. Combien d'heures de cours pour payer chaque tuile posée, chaque poutre vernie, chaque porte de chêne ou carreau biseauté remis en état ? Combien de temps encore ? Cette maison de mes rêves et de mes folies – c'est votre mot – allait finir par m'engloutir. Mais vous restez imperturbable... l'air de me dire que vous m'aviez assez prévenue. Je vous vois laver, frotter, astiquer de plus belle, commander à un régiment affairé de la cave au grenier avec l'enthousiasme des découvreurs d'Amérique. Jusqu'au jour où le commandant déclare :

— *Vayanse, todos.*

C'est terminé. Ainsi en a décrété Perfecta. Que chacun rentre chez soi. Ma maison est devenue habitable, a retrouvé son style d'origine, est capable de m'accueillir avec ma nombreuse famille de personnages qui ricanent déjà de mes mésaventures à venir.

Et j'envahis la place, charriant livres, cartables, feuilles détachées, crayons, affile-crayons, gommes à effacer, manuscrits complets ou à peine ébauchés, mon vrai monde qui s'engouffre dans l'attique de ma nouvelle maison et s'y installe pour l'éternité.

Une éternité qui va durer neuf mois, le temps de donner naissance à un avorton.

4

Du haut de votre étoile, quelle qu'elle soit, vous pouvez bien rire aujourd'hui. Mon aujourd'hui, car vous, vous êtes en dehors du temps. C'est pourtant vos mains qui m'ont livré le courrier, ce jour-là, où s'était glissée une enveloppe portant le sceau de la Banque de Montréal. Les lettres bancaires m'arrachent rarement des cris de joie et vous m'avez regardée d'un drôle d'air.

— C'est fait, madame Perfecta, nous sommes chez nous. On vient d'endosser mon chèque.

Je décroche le téléphone pour remercier et féliciter mon notaire qui ne répond pas. Qui ne répondra jamais. Il est mort. Comment ? quand ? de quoi ?

— Hier, d'arrêt cardiaque.

— Mon Dieu ! ... désolée... mes condoléances à la famille... Et les papiers ? Les titres de propriété ?

— Saisis par l'Ordre des notaires.

— ? ? ?

— Pour cause d'irrégularités.

Je m'affole. Consulte un autre notaire.

— Il n'est pas mort du cœur.

— Comment ! Alors ?

— De suicide.

— Ciel ! Il a fait ça !

— Non... il ne l'a pas fait lui-même. Quelqu'un s'en est chargé pour lui.

Je nage en pleine mafia !
— Et mon chèque certifié ?
— Endossé par le mort.
— Donc celui qui m'a vendu la maison…
— Une maison qui n'était pas à lui non plus, mais déjà propriété de la Sunlife, détentrice de la première hypothèque.
J'avale. J'ai compris. Vous avez compris en même temps que moi, peut-être quelques secondes avant. Cette maison ne m'avait jamais appartenu ; je l'avais rescapée de la rage des vents et du temps, rafistolée et remise sur son socle, ravigotée… pour quelqu'un d'autre. Dans ma première transaction d'affaires, j'étais la victime de deux escrocs qui ne se connaissaient même pas.
Un Feydeau qui a duré deux jours.

Accroupie en sauvage sur le plancher froid du séjour qui n'est plus à moi, la tête – plus à moi non plus – entre les genoux, je sens l'épaule de Perfecta, pelotonnée à côté, qui tremble contre la mienne : elle rit.
Vous riez !
— Vous vous souvenez de Chorba le Grec ?
— Zorba, Perfecta.
— Quelle esplendide catastrophé !
Après tout, cette maison vous a coûté autant de cœur et de sueur qu'à moi, vous avez bien le droit de rire du ciel qui nous tombe sur la tête. J'écoute ce mélange de fiel et de bile gargouiller dans mon estomac, quand j'entends :
— Mamozelle Tonine, je vous l'ai jamais dit, mais Diego a trouvé des souris dans la cave. Et moi, je les ai laissées faire leur nid tranquilles.

Cette fois je ne sais pas résister : j'ouvre toutes grandes les écluses et je ris aux larmes.

— Madame Perfecta, le grimpion qui nous succédera dans cette maison hantée, le troisième escroc, devra composer avec cette famille de rongeurs.

Quant à moi, je m'en irais dès le lendemain, consacrant le peu d'énergie rescapée du naufrage à me battre avec la banque qui se devait d'honorer sa signature. Un faux, même d'un mort, reste un faux. On m'avait volé mon argent. Pour une fois que j'étais du bord de la loi... Je sentais sur ma peau pousser le poil de la bête. Je m'en irais à la quête d'un logement. Pourquoi pas dans le Montréal des ruelles et des balcons suspendus ? Je m'échine à faire miroiter à mes propres yeux les charmes des quartiers peuplés, bruyants, suintant la vie...

Qui est-ce que j'essaie de séduire avec ma mélopée des bas-fonds ?

Sûrement pas vous, Perfecta, qui ne la connaissez que trop, cette ville des nouveaux arrivants. Nous sommes ce jour-là deux immigrées, avalées par le dragon que nous avions cru vaincre à coups de cœur et de balai.

Je suis au bord des larmes. Effondrée. Une guenille.

Et c'est alors que je l'entends parler à ses torchons : la maison n'est plus à nous, c'est vrai, mais elle n'est pour l'instant à personne. Elle sera mise en vente... aux enchères... pour taxes.

Je lève la tête, renifle. Un motton bloque mon gosier. Je le crache. Et je la dévisage. Elle y tiendrait donc autant que moi, à cette défroque ?

— Et les souris, madame Perfecta ?

Un mois plus tard, la maison est effectivement mise en vente au palais de justice. Si je la veux...

Je la veux !

— Mais, madame Perfecta, songez à tous les requins qui font profession de ventes aux enchères, qui connaissent tous les trucs du métier et auront une avance insurmontable sur moi.

— Ben... les requins connaissent pas la maison.

C'est vrai. Personne n'a suivi le va-et-vient d'une famille d'immigrants durant des mois, courant du fond aux combles, s'affairant à redresser chaque planche de cette ruine.

— Et la loi, madame Perfecta ? qu'est-ce que vous en faites ?

— La quoi ?

— Allons, vous savez bien que la loi affichera la vente durant trente jours et obligera son occupant à...

— ... à ouvrir sa porte à tout venant ?

Elle me jette un œil qui a vu la ville rasée de Guernica.

— Vous serez bien obligée d'ouvrir... si vous êtes là, qu'elle fait, ou si vous entendez sonner.

Et pendant un mois, je n'entends pas la sonnette mystérieusement assourdie, personne ne reconnaît ma voiture garée à deux coins de rue, ni n'aperçoit la moindre lumière filtrer entre des persiennes closes. Même les voisins me croient retournée dans mon pays des côtes. Et Perfecta ne vient plus décrasser une maison en délabre qu'elle voue à tous les diables.

Mais le jour J, avec l'arrivée du printemps, je la retrouve dans le grand hall du palais de justice, où nous rachetons la maison. À rabais.

— Vous vous chargerez des souris, doña Perfecta ?

— Quelles souris ?

Et je comprends que la gent rongeuse n'a de fait rongé que l'imagination et le cœur d'une femme qui cherchait par tous les moyens à panser ma blessure.

5

Notre maison, enfin ! Emménageons pour de bon.
Surtout empêchons-la de sombrer une deuxième fois.
— Vous ne pourriez pas me consacrer trois jours
par semaine, madame Perfecta ?

C'est qu'il y a les Lefebvre, et l'Écossaise de
Westmount, et son propre domicile avec sa corvée
de lessive, repassage, grand ménage, traîneries des enfants. Quoi ? Vous n'êtes pas en train de m'avouer que
vous vous chargez en plus des chambres et lingeries
de vos grandes filles, jamais je croirai ! Je vous vois gri-
macer sous mes remontrances, puis, sous la grimace,
laisser poindre un sourire malicieux qui me dit : les
gâteries que je n'ai pas reçues de ma mère, rien ne
m'empêchera d'en combler mes filles. Je comprends
que c'est nulle autre que vous-même que vous dorlotez
à travers vos enfants, qu'à travers eux, vous rachetez
votre adolescence tronquée. Et je ravale mes leçons de
pédagogie.

— Vous inquiétez pas, mamozelle Tonine, on va
s'arranger.

C'est le printemps. Les vents chauds nous fouet-
tent et nous revigorent le sang. Vous ne semblez aucunement écrasée sous vos quatre maisons : la vôtre, la
mienne, celles des Lefebvre et de Westmount. Les
Lefebvre habitent Outremont-d'en-haut, une butte à
descendre et vous êtes chez moi. Ce qui vous permet
le mardi de faire deux jours en un.

Tous les jours, en entrant, vous montez directement à mon attique me saluer et me dire le beau temps qui s'annonce.

Mon attique. C'est le mot que je préfère à grenier. Car je n'entasse ni grain ni fourrage dans le dernier étage de ma maison, mais du vent, de l'air, des souvenirs et des rêveries. Sous un plafond rond comme un œuf.

Vous n'aimez pas ce plafond... Il a trop l'air faux, que vous ne cessez de répéter. Je résiste, mais votre hantise me contamine. Ne protestez pas. Et un jour, sans prévenir personne, je donne un coup de poing dedans. Vous restez toute bête, et moi ébaubie. Le plâtre a cédé.

— Pas du plâtre, mamozelle Tonine, ç'aurait résisté. Du carton !

Si fait, du vulgaire carton sous cinq ou six couches de peinture, dont la dernière sous le blaireau à barbe de votre frère Jaïmé. Et voilà que nous nous acharnons toutes deux, à coups de manche de balai, de marteau et...

— Venez voir, mamozelle Tonine !

Perfecta réussit à glisser sa tête par la brèche et découvre un deuxième plafond, le vrai.

— Mamozelle Tonine, montez.

Comment voulez-vous ! Vous occupez tout l'escabeau.

Je cherche à m'agripper des deux mains aux barreaux, les doigts entre vos pieds qui continuent à monter, je vous vois disparaître morceau par morceau, le chignon, le cou, les épaules, le flanc, les jambes, dans le trou... Perfecta !

... Fond... fond... fond... !

Le vide vous sert de caisse de résonance, me renvoyant d'étranges messages. Un trésor se cache là, sous la coque de carton, un authentique plafond sillonné de poutres d'origine qui nous offre le plus beau dessin jamais conçu dans un ciel de maison. Nous sommes récompensées, vous de votre astuce, moi de ma ténacité à sauver les débris d'un rêve que la vie a tenté de broyer.

— À l'ouvrage, mamozelle Tonine, on a de la poussière sur la planche.

Cette fois, pas toute la maisonnée pour nous aider à défoncer le plafond, rien que la benjamine, la maigrichonne qui n'emporte plus la clef à l'école mais la dissimule sous le paillasson comme tout le monde. Une jeune fille que je vois se remplumer et promettre de devenir un sacré bout de femme.

— Une Canadienne avant tous les autres, qui a pas eu besoin de passer l'examen, lui a suffi de venir au monde.

— Pas même conçue en Espagne ?

— Comment elle aurait pu ? *El hombre* était déjà rendu ici.

Elle laisse la petite se distraire dans mes atlas et globes terrestres avant d'enchaîner sur le départ du mari qui partait seul avec l'aînée en âge d'entrer dans les manufactures. Ils s'embarquaient pour la terre promise.

— Et vous ?

— Enceinte de trois mois.

Elle attendrait avec les petits. Elle ne pouvait quand même pas s'en venir jeter l'ancre en terre étrangère, gonflée à ras bord et sans rien apporter en échange. J'ai beau insister... Perfecta, quand même... elle n'en démord pas : on n'impose pas à son pays d'adoption d'en adopter un de plus dissimulé sous son délantal.

— Avez-vous dit « devantal » ?

— Délantal. Escousez-moi, je devrais dire tabelier. Mon français est encore bien écorché.

Je songe à des écorchures plus écorchées que les siennes, mais me contente de lui expliquer qu'en français ancien, un tablier se disait aussi devanteau.

— Vous faites la joie de ma plume, doña Perfecta.

C'est à ce moment-là que la benjamine est entrée par-derrière dans la conversation. Elle s'inquiète de ce que sa mère pouvait cacher sous son délantal en entrant au pays.

Avant que j'aie le temps de répondre que sous le tablier de sa mère se cachait sa sœur, vous avez renvoyé votre fille à ses poutres. Je ne vous aurais pas crue aussi pudibonde. Mais non, la crudité que vous cherchez à couvrir n'a rien à voir avec la naissance des enfants, mais avec la misère qu'avaient dû vaincre les parents avant de les mettre au monde.

— Les enfants n'ont pas à souffrir de nos souffrances. Ils auront assez de porter leur propre vie.

— La vôtre a été si calamiteuse que ça ?

— ? ? ?

— Je veux dire misérable... malheureuse...

— Non, pas malheureuse ; misérable, si. La misère qui vous vire les tripes de l'endroit à l'envers. Mais pas malheureuse.

Première leçon de langue de celle qui la connaît de l'intérieur. Même au plus creux de la misère, elle n'avait pas perdu le goût de vivre. La vie est un don. Elle vivait. Pour son homme, pour ses enfants, son père, son frère, pour elle aussi. Pas survivante, mais vivante, mamozelle Tonine.

— Il fallait partir.

Ses enfants ne devaient pas connaître la faim qui ronge les tripes, le froid qui suce la moelle des os, la peur qui martèle le cœur au rythme des bottes militaires sur les pavés.

— Fallait mettre un océan entre notre passé et leur avenir. Et puis...

Et puis elle se tait. Le reste, elle l'enfouit au fond de son cerveau, parmi son fatras de souvenirs qu'elle ne veut pas livrer encore, pas avant d'y avoir mis un certain ordre. Mais je sais, ou j'ai espoir qu'elle finira par céder sous la pression d'un flux qui lui serre la gorge, l'étouffe.

— Vous connaissez les trois étapes du mal de mer, mamozelle Tonine ?

— J'ai le pied marin, n'oubliez pas que je viens des côtes.

— Chanceuse. Moi j'ai vomi de Vigo à Montréal.

— En trois étapes ?

— D'abord on est malade ; puis on a peur de mourir ; puis on a peur de ne pas mourir.

Sa peur, après vingt ans, est noyée dans la cascade de son rire.

— J'ai laissé la moitié de mes entrailles aux morues des grands bancs que mes ancêtres ont pêchées durant des siècles.

Je joins mon rire au sien en songeant au juste retour des choses. Les morues étaient vengées.

— Il me restait rien, rendue ici, plus d'entrailles, plus de souvenirs, plus d'Espagne noyée à demeure dans l'Atlantique.

Vous vous trompiez, Perfecta, l'Espagne refaisait surface, lavée de ses souillures, de sa pourriture, de sa crasse. Toute l'Espagne, l'antique et la nouvelle, la

35

sombre et la joyeuse, la combattante et la désespérée, la glorieuse et l'humiliée, l'honorable, la misérable, la cruelle, la ressuscitée de ses cendres. Deux décennies d'Amérique n'avaient pas encore réussi à vous en débarrasser.

... Vous en débarrasser ? Mais c'est exactement ce que vous ne vouliez pas faire. Petit à petit, j'allais tout comprendre. Mais pas encore.

— Et pourquoi à Montréal, madame Perfecta ?
— Est-ce qu'on demande à un noyé de choisir sa planche de salut ?
Aussitôt elle se ravise. Elle a choisi Montréal. Grande et jeune métropole.
— Pourtant l'une des plus vieilles du Canada.
— Escousez-moi.
En regard de l'antique Europe, la jeunesse de Montréal accordait tous les espoirs à une famille d'immigrants aux grands rêves mais aux modestes appétits.
— Et puis on y parle français.
— Pour une Espagnole qui ne connaissait pas deux mots de français en débarquant au pays...
Elle scrute l'horizon, plonge dans mes yeux, fouille mon âme à la quête d'une réponse que je n'hésite pas à lui fournir. Nous sommes frères de langues et d'appartenance depuis le temps où les Romains traitaient avec une égale condescendance Wisigoths et Gaulois.
— Tant de mots ont voyagé par les cols des Pyrénées en deux mille ans, dans les deux sens, que nous sommes cousus les uns aux autres. La Terre est vraiment ronde.
En astiquant les poutres du plafond original de mon attique, elle remarque :
— Vous trouvez pas que ça ressemble à l'œuf que la première poule a pondu ?

— Vous parlez de la Terre ou de la maison ?

— *Madre mia* ¡ qu'elle s'exclame, je blasphème. Le Créateur du ciel et de la terre, une poule, dis donc !

Elle hésite, puis :

— N'empêche qu'elle est ronde, enveloppée d'une frêle coquille, et porte dans son ventre la vie du monde.

Elle parle de la Terre.

— Des fois je me sens poule, quand je regarde grouiller autour de moi mes enfants, des fois je me sens l'œuf sorti de...

Son œil absent et embué me révèle qu'elle vient d'atteindre le fond d'un inconscient plus riche que sa propre vie. Je la verrai souvent interroger avec la même intensité le mystère de son cœur et de ses reins. Et chaque fois sa quête aboutit au drame de sa mère. Rendue là, elle n'ira pas plus loin, je le sais. Et j'attends. Pour finir par accepter son silence qui doucement se mue en mélodies anciennes. Elle chante pour bercer son âme au bord d'éclater.

6

Je n'ai rien compris à la visite impromptue d'un chef de section d'Hydro-Québec qui s'excusait, madame, mille excuses, on regrette, on regrette infiniment. Mais quoi donc ? On a dû me surfacturer un compte d'électricité, ou inopinément couper le fil qui alimente ma maison ?

Il a le regard contrit.

— Mes hommes n'ont pas vu vos plates-bandes, madame. Rien n'était visible au sol.

Mes plates-bandes ? Mais on est en mai. J'ai déjà des plates-bandes ?

Des graines plantées en terre et que des bottes d'Hydro-Québec ont piétinées sans faire exprès.

... Comment piétiner des graines plantées en terre ?

C'est bien le problème qui se pose au chef de section, mais...

— La maîtresse de maison était furieuse et...

La maîtresse de maison ? C'est moi et je n'ai aucun souvenir d'être tombée sur la nuque d'Hydro-Québec pour des fleurs que je n'ai même pas plantées... Ah !... je viens de comprendre.

— La maîtresse des fleurs, ici, c'est Perfecta.

Je parle chinois. Mais je peux quand même voir se détendre le visage d'Hydro-Québec.

— Vous en faites pas, monsieur, ça va s'arranger.

Et je me mets en frais d'expliquer à un parfait étranger mais surtout à moi-même que ma femme de ménage, qui rêve d'une poule, s'est rabattue sur des fleurs qu'elle a plantées tout le long de la haie, que cette enfant de la terre, faute de jardin dans sa ruelle et de basse-cour dans son enclos, a décidé de se rattraper chez moi. Mon chef de section ne sait plus s'il doit pleurer sur l'immigrante ou sur mes fleurs, en fait ne comprend pas très bien dans quoi il s'est embarqué en venant sonner chez moi pour excuser ses hommes d'avoir piétiné mes plates-bandes.

Je revois pourtant toute la scène avec une clarté qui se passe de l'éclairage d'Hydro-Québec. Je vous devine, Perfecta, en train d'invectiver ces gros Jean qui, pour plaquer leur échelle contre leur poteau d'électricité, posaient leurs bottes sur les graines de fleurs pas encore écloses. Je vous vois très bien et vous entends déjà, avant même de cueillir les doléances de votre bouche :

— Ils me les ont écrasées à demeure, mamozelle Tonine. Des petites graines pas même sorties de leurs coquilles.

Et vous me faites comprendre qu'une fleur, c'est vivant, même sous terre. Comme un poussin au creux de l'œuf que la poule n'a pas encore pondu.

Et un lundi matin, vous me dites :

— Ma foi, y aurait de la place pour un tout petit poulailler dans votre cour, mamozelle Tonine.

Vous venez d'inspecter les lieux et vous vous demandez... Je ne demande que ça moi-même, sans avoir d'idées précises, je vous l'avoue aujourd'hui, sur les soins à prodiguer aux habitants d'une basse-cour établie au cœur de la municipalité collet monté d'Outremont.

— Au fond, me dites-vous en vous excusant, pas besoin de toute la basse-cour, une seule poule suffirait.

Et je comprends que vous avez la nostalgie de quelqu'un, madame Perfecta.

C'était la guerre.

Chaque soir, à la brunante, Perfecta retrouvait sa poule dans la cour et entamait le dialogue.

... Je sais que si tu veux, tu peux pondre ton œuf quotidien. Ça se fait, dans les cas extrêmes. Je suis un cas extrême, c'est une question de vie ou de mort, tu le sais bien, pour la petite et pour moi. Tu connais la petite, elle vient jouer avec toi chaque matin, t'appelle sa cocotte. Elle t'aime bien. Et moi, j'ai dans le ventre un enfant à nourrir. Ce sera un garçon. Quand il sera en âge de comprendre, je lui dirai ce que t'as fait pour lui et pour sa mère. Un œuf, tu peux pas savoir ce que ça représente pour nous. Nous sommes trois, et c'est malaisé. Mais on viendra pas te plumer ni te jeter dans la marmite, oh non ! je te ferais jamais ça, et pis... j'en ai pas les moyens. Ne va pas te rengorger d'orgueil, mais je te dirai qu'un œuf, par les temps qui courent, ça vaut de l'or. Y a encore des riches dans le coin, je leur vends l'œuf et m'achète de l'huile et du lait pour la petite. L'huile c'est pour les patates, des grelots que je ramasse le soir sur la terre du vieil Alfonso qui fait semblant de regarder ailleurs.

Je ne bouge pas. Et elle enchaîne qu'elle ne connaît pas une femme au monde qui sait comme elle apprêter de trente-six façons les pommes de terre. Donnez-lui un pichet d'huile d'olive et un sac de patates et elle vous jure qu'elle vous fera traverser une guerre sans crever de faim.

— On commence par les peler dans le sens de la pelure pour leur conserver tout leur jus et leur amidon, puis à la fin vous jetez dans la poêle les pelures avec... pour rien laisser se perdre. Trente-six façons, mamozelle Tonine, toutes les formes de patates imaginables : des tailles, des frites, des cubes, des tordues, des sautées, des rondes, des grelots...

Je l'écoute et me demande comment, après toutes ces années, elle peut encore avaler une seule frite et même s'en délecter.

S'en délecter ? Elle enrobe chaque grelot de gratitude, de nostalgie, lui voue le même culte qu'à sa poule. Avec cette différence que la poule, elle ne la mangea jamais.

... Non, qu'elle lui disait chaque soir, je te demande ton œuf, rien de plus, mais rien de moins. Je sais que c'est là ton enfant, mais c'est pour sauver les miens. Toi tu peux en fabriquer un tous les jours, pas moi. Ponds ton œuf, je t'en supplie.

Mais un jour, c'était lors d'une permission du soldat enrôlé de force dans le camp franquiste alors que la moitié de sa famille était républicaine, il faisait chaud et beau et presque nuit, la guerre allait finir sans se terminer vraiment, les haines demeuraient vives, les plaies saigneraient longtemps, mais eux n'étaient pour rien dans une histoire qui durait depuis que les hommes sont des hommes et que les femmes les aiment malgré tout.

Diego n'avait pas eu le choix : un soldat ne choisit pas son camp. On peut bien avoir des idées, des principes, un penchant pour les droits des plus faibles et la liberté égale pour tous, à moins d'être bossu, manchot, cul-de-jatte ou d'avoir six orteils au pied gauche, on rejoindra les rangs des autres combattants pour la patrie. Et la patrie d'Aragon était défendue par le défenseur de toutes les Espagnes, le général Franco.

Son soldat fut donc enrôlé dans le camp franquiste contre son gré, ses principes et une partie de son monde qui prenait le maquis. Chaque balle qui partait de son fusil risquait donc d'atteindre l'un des siens. Et parmi ceux-là, sa femme, Perfecta. Ils étaient mariés depuis le début de la guerre et ne se voyaient que lors des permissions du soldat, de plus en plus rares. Une guerre qui ne l'avait pourtant pas empêché de faire deux enfants à sa femme, le deuxième encore caché dans son ventre. Caché même à son père à qui Perfecta réservait la surprise. Ce soir-là, elle allait le lui dire, lui annoncer son fils – ce serait un garçon, promis.

Pour l'occasion, elle ferait une omelette.

La veille, elle avait encore un coup supplié sa poule de lui fournir son œuf quotidien, mais cette fois, la poule, indifférente, avait refusé. Il ne restait donc à Perfecta qu'un seul œuf, vieux de deux jours, pour toute une omelette. Et rien d'autre. On était au plus creux de la période noire d'une guerre sans merci. La faim lui donnait le vertige. Mais son homme, au front, était-il mieux nourri ? Pourquoi tant de souffrances ? Si au moins c'était pour l'honneur ou la justice, mais *el hombre* combattait dans le mauvais camp. Elle devrait le convaincre de prendre la montagne et de rejoindre les républicains.

Les républicains ? Mais il avait pour mission de tirer dessus chaque fois qu'il en attrapait un.

— Bien malgré toi, avoue-le.

Mais il avait répondu qu'on ne choisit pas sa guerre. Quand les événements nous dépassent, on n'a qu'à suivre leur cours. Et puis, c'est le rôle de la femme de suivre son mari qui, lui, suit son chef.

— Et la conscience ? on la suivra quand ?

Une fois la guerre achevée, il promettait de satisfaire la conscience, la justice, l'honneur.
— L'honneur c'est comme la virginité, ça se perd qu'une fois. Elle avait eu honte. Elle l'avait blessé. Il avait rougi au souvenir d'une faiblesse qu'il avait regrettée plus qu'elle. Mais sitôt Perfecta avait coupé court. Va pas t'excuser de ça, qu'elle lui avait dit, ce serait comme faire disparaître la petite. Et elle avait ajouté :
— La vie est trop précieuse pour la sacrifier à des idées, des idées de même.

Rendue là dans son récit, Perfecta lève sur moi un regard inquisiteur : saurai-je m'accommoder de sa morale ? Mon sourire sans équivoque la rassure et lui permet d'enchaîner.

... Son homme aussi avait souri. Par en dessous. Si tel était le cas, pourquoi se battre pour des idées de guerres qui maltraitent les humbles dans un camp comme dans l'autre et qui se valent toutes ? Les guerres de rouges et de blancs sont également sales, si quelqu'un pouvait en parler, c'était bien celui qui la fait ou la reçoit chaque jour en plein ventre. Une baïonnette de droite ou de gauche, Perfecta, transperce avec la même cruauté les tripes de l'ennemi. Sans pitié, sans remords. S'il avait pu choisir son camp, il eût choisi la paix, rien d'autre.
Il parlait si bien, son homme, il était si intelligent. Et puis il avait plus longtemps qu'elle fréquenté l'école. Et pourtant, le petit génie intérieur de Perfecta lui susurrait à l'oreille les mots de sa mère, les derniers mots de sa mère qui, tant d'années plus tard, et déjà à l'époque, lui chaviraient les entrailles. La paix... la paix, bien sûr, mais à quel prix ? Avant même de rétablir l'équilibre ? Ce genre de paix risquait de faire pencher

trop lourdement la balance du côté de l'injustice, du déshonneur... Sa mère ne serait jamais vengée ? Jamais ?

Je me tiens coite, elle va enfin me raconter sa mère.

Eh bien, non ! Elle enchaîne sur la tournure heureuse de cette nuit avec son soldat en permission qui, ce soir-là, voulait proposer autre chose à sa femme qu'un débat politique.

— Quand nos enfants seront grands, qu'il m'a dit, ils sauront même pas distinguer un camp de l'autre. Ça fait que...

Ça fait que pour se mériter une progéniture qui mériterait qu'on se soit battu pour elle, il l'avait prise dans ses bras pour la transporter au lit. En temps de fléau, qu'il avait dit, faut faire des provisions.

— Elles sont faites, les provisions.

Il ne comprenait pas. En attendant, et pour lui mettre l'eau à la bouche, elle tournait et retournait dans ses mains son unique œuf, en songeant à sa poule qui l'avait boudée pour la première fois. Décidément, elle ne ferait pas une omelette avec un œuf.

— Un seul œuf, mais il est pour toi, mon homme.

— Jamais de la vie, on partage.

— Un œuf, ça se partage pas, perce la coque et bois-le.

— L'œuf est pour toi.

— Non. C'est toi qui dois te battre demain. Il te faut prendre des forces.

— C'est toi la femme. Quand un bateau coule, les femmes et les enfants d'abord.

— La petite a du lait.

— Et toi l'œuf, Perfecta.

— Je céderai pas.

— Moi non plus.

— Alors ?

— Alors il sera à personne.

Elle se souvient.

L'homme empoigna l'œuf et le lança contre la cheminée. Le jaune, en éclatant, venait de dessiner un soleil sur la pierre grise, un soleil qui se mit à briller à travers les larmes de Perfecta qui, par-delà quatre décennies et un océan, pleure sans pudeur devant moi.

— On s'est couchés ce soir-là l'estomac vide mais le cœur si plein que je parviens pas encore aujourd'hui à faire un œuf au miroir sans l'arroser de mes souvenirs.

Finalement, comme de fragiles rayons qui percent la pluie, elle laisse un sourire éclairer ses lèvres mouillées qui s'entrouvrent pour me dire, en conclusion, que cette nuit-là, *el hombre* une fois de plus lui réclamait un garçon.

— Encore un garçon ? Mais t'en faut combien ?

— Qu'est-ce que tu veux dire, Perfecta ?...

— Hé ! que c'est bête un homme !

Il avait les yeux tout ronds d'un gagnant du gros lot qui n'arrive pas à y croire.

— Tu veux dire...

Oui, exactement ça qu'elle lui disait. Son garçon nichait déjà là, au creux du lit, avec eux, tel un soleil jaune qui éclate sur une cheminée.

... Un œuf qui portera la poule qui donnera l'œuf d'où sortira la poule...

Et ils avaient fait provision de bonheur toute la nuit.

45

Je vous vois renifler, vous moucher et me parler du grenier qu'il me faudra bien vous abandonner durant quelques heures, le temps d'épousseter au moins le dos des bouquins.

7

Elle veille sur le grain, le sien, le mien, celui du monde.
Je la regarde s'affairer autour de ma table de salle à manger, échangeant d'une main à l'autre le torchon contre le plumeau, s'avisant qu'elle a oublié le rond de la cuisinière qui ne s'éteindra pas tout seul... allons. Perfecta tête de pioche, reste à ton affaire... et c'est demain le 10 mai, je dois emballer le cadeau d'anniversaire de mamozelle Tonine. Ça lui fait combien déjà ?

— C'est trop, madame Perfecta, vous n'auriez pas dû.

Elle plisse les ailes du nez, sourit d'une seule joue et me laisse deviner, sans remuer les lèvres mais en caressant avec volupté sa dentelle, qu'elle n'a rien déboursé, que la nappe de dentelle est son œuvre. Rien coûté, ce cadeau, sinon des centaines d'heures de crochet. À la veillée, au rythme du soliloque de son homme qui commente les commentaires politiques de Radio-Canada.

— Une nappe de fine dentelle, madame Perfecta ! du point d'Alençon.

— Escousez-moi, c'est de la dentelle de Brrruges.

— Bien sûr, où ai-je la tête ! Où donc avez-vous appris à travailler la dentelle, madame Perfecta ?

La dentelle... le crochet ? Très jeune, sous l'œil impassible de sa mère qui l'avait appris de sa lignée

47

maternelle qui se passait le secret depuis les temps où, en terre flamande, l'Espagne échangeait contre de la dentelle ses boulets et sa poudre à canon. Elle me raconte cette époque tragico-burlesque de son histoire en riant de toute sa gorge, comme si elle voulait, quatre siècles après coup, atténuer le malaise du conquérant devant le conquis.

— Mais la couture, je l'ai apprise ici au pays, dans les manoufactoures.

— Vous saviez pas déjà coudre ?

Pas du tout. La lessive, les ménages, la cuisine, elle connaissait. Même le crochet et le tricot. Mais la couture, rien. Il lui fallait tout apprendre.

— Mais avec une si bonne tête !

— Tête dure, mamozelle Tonine. Aujourd'hui la couture, ça n'est plus une corvée. J'ai grand plaisir à tailler du neuf dans du vieux.

Elle rougit au souvenir des nombreuses transformations qu'elle a fait subir aux vêtements usagés que je lui cédais : elle sait comme personne tirer une jupe d'un pantalon, une veste d'un manteau, une blouse d'un châle... Non pas qu'elle rechigne à porter mes affaires, mais elle adore refaire le monde, à sa manière.

Votre manière, Perfecta, c'est la couture.

Elle avait commencé en bas de l'échelle. D'abord dans une manufacture du boulevard Saint-Laurent. Petite ouvrière payée moitié par la compagnie, moitié par l'État. Les deux moitiés ne faisaient pas un tout, son homme ne trouvait pas ça juste. Mais il fallait patienter, des temps meilleurs viendraient. Et puis tâche de comparer avec une autre époque, qu'elle lui disait, où la survie d'une famille dépendait de la générosité d'une poule. Ce à quoi le mari répondait que les poules ont plus de cœur que les hommes.

— Il est futé, mon Diego, et intelligent. Et je vous vois rentrer dans vos souvenirs heureux, pour glisser petit à petit vers d'autres que je n'arrive pas à déchiffrer.

— C'était pas le salaire, non, pas l'argent qui m'embêtait...

C'était quoi ?

Elle avait fait quatre manufactures en cinq ans : Saint-Laurent, rue de Gaspé, rue Jean-Talon, boulevard Mont-Royal. D'une place à l'autre, elle progressait dans le métier, mais au début...

— Le boulevard Saint-Laurent, coin Crémazie, c'était l'enfer. Je parlais espagnol et un petit pou français ; le patron parlait grec et un petit pou anglais.

Toujours en retard d'une langue, elle passait plus de temps à essayer de comprendre les ordres qu'à les exécuter. Un *collar*, mamozelle Tonine, c'était pas un collier, un *coat*, pas un cotillon, une *pocket*, pas un bouquet. L'angoisse ! Elle tremblait à l'idée de gaspiller du beau tissu qui appartenait à la compagnie subventionnée par son pays d'accueil. Plus elle angoissait, plus elle tremblait ; plus elle tremblait, plus elle faisait tout croche. À la fin, le patron grec s'est découragé et l'a abandonnée aux coutures droites.

Je la vois s'isoler dans son for intérieur, plisser les yeux et finir par esquisser un sourire nostalgique. Elle est loin, et pourtant juste à côté de moi. Et elle parle pour nous deux.

... Ses coutures droites ne pouvaient pas être plus rectilignes, elle actionnait la machine à toute vitesse, des pieds et des mains, fixant le bout d'une règle imaginaire sans lever les yeux d'une aiguille qui, tout en piquant la soie ou l'organdi, lui frôlait dangereusement les phalanges. Mais ses yeux de derrière la tête voyaient le visage hilare de sa compagne espagnole, une Madrilène — elle accentue le Ma-dri-lène – une grande mince sans ventre ni poitrine, courbée sur le travail des autres.

— Elle se riait de moi parce que je savais rien faire. Mais elle, pourquoi le patron l'avait mise aussi aux coutures droites ? Elle qui se disait especialisse des chapeaux... Vous entendez ? des chapeaux !

Et Perfecta s'était juré de se rire de la Madrilène un jour.

La couture était le passage obligé des immigrantes qui demandaient la citoyenneté canadienne. On en tassait jusqu'à trois cents par atelier. Des Espagnoles, des Grecques, des Italiennes, des Russes, des Ukrainiennes, des Polonaises, des Portugaises, des Turques, des Hongroises... des mères de familles, des veuves, des célibataires désillusionnées, des filles à marier, des filles qui achèveraient leur vie dans la couture sans se marier jamais.

— La tour de Babel, mamozelle Tonine.

Au début, Perfecta se sentait soulagée quand le patron sonnait la fin de la pause-repas.

— C'est curieux, dit-elle, comme tout le monde parle fort quand personne se comprend.

Une certaine Ukrainienne avait l'habitude de crier en russe par-dessus la tête d'une Italienne, qui se bouchait les oreilles, de transmettre un message soit à la Polonaise d'en face, soit à la jeune recrue turque, mais personne n'entendait rien au message et laissait crier l'Ukrainienne tout son saoul. Même les Espagnoles échangeaient peu entre elles, la plupart étant issues de provinces rivales et préférant rester sur leur quant-à-soi. La Madrilène, par exemple...

Perfecta avait de l'instinct pour la couture, et petit à petit fut promue. Même dans les manches. Pas facile de confectionner des manches... avant qu'on ait songé à l'instruire sur la conversion du système métrique en mesures anglo-saxonnes. Pour avoir confondu pouces et centimètres, elle s'aperçut que les manches n'entraient pas dans leur emmanchure. Quelle pitié !

Et je comprends qu'elle ne s'apitoyait pas sur elle-même, mais sur les manches. De la si belle étoffe ! Quand on a un tel sens du bel ouvrage et qu'on a juré à la mémoire de sa mère de rescaper sa famille de la misère, on ne se pardonne rien. Aucun des siens ne devait quêter son lendemain dans les champs de grelots du voisin, encore moins dans le cul d'une poule. Elle apprendrait les mesures en pouces, pieds et verges, comme elle avait appris les paroles de l'hymne national de son nouveau pays, le nom de son gouverneur, de ses grands lacs, de ses dix provinces et de leurs capitales.

Elle apprit si vite et si bien que, rendue à sa dernière manufacture, dans les chapeaux, elle se vit offrir des responsabilités de contremaître.

— Bravo !

Elle fronce les sourcils et proteste de la tête.

— Quoi ? La Madrilène encore ?

Non.

— Je n'ai jamais appris à parler anglais.

Une ombre passe entre ses cils.

Elle s'y était attaquée, en même temps que le français, mais... le français était si proche de l'espagnol, et puis c'est une si belle langue.

— Surtout que Montréal, c'est Montréal. C'est le Québec. Et le Canada a deux langues. On peut choisir.

Elle martèle si fort chacun de ses mots que j'entends encore l'accent grec du patron qui lui commandait dans un anglais écorché de coudre un collier sur un cotillon.

51

— *De todas maneras*, mamozelle Tonine, j'avais pris goût à la couture. J'aimais mieux faire moi-même que commander à d'autres de le faire à ma place.

Elle parvenait même à confectionner seule un manteau complet, avec les poches, les manches, le col, la doublure, les boutonnières, une pièce maîtresse qui faisait l'envie ou l'admiration des camarades et le bonheur de celle qui, quelques années auparavant, piétinait dans les coutures droites. Manteau complet avec le chapeau de pair.

— Mais le salaire, madame Perfecta, un salaire de contremaître, ça compte.

— Ça compte, mais comme j'ai dit *al hombre*, c'est pas tout.

Je comprends qu'*el hombre* aurait voulu la voir monter en grade : pour leur sécurité présente, pour l'avenir des enfants, pour...

... Pour quoi encore ? qu'elle avait demandé à Diego.

— Pour du travail moins dur et plus digne de toi, qu'il m'a dit.

Et elle s'était insurgée. Aucun travail n'est indigne de personne.

Ça, vous me le dites en face à moi, Perfecta, pour que je comprenne bien que vous ne vous sentez pas dégradée d'être à mon service, que c'est de plein gré que vous êtes passée des manufactures aux maisons privées, que vous ne regrettez rien, que la vie s'est chargée elle-même de vous promener d'un métier à l'autre sans jamais vous faire dévier d'un premier objectif : transplanter votre Espagne en terre nouvelle plus prometteuse que l'ancienne.

— Mais je m'entendais bien avec Josefina, une brave fille de Galice.

À cause de son accent qui broyait le castillan sous une grêle de mots *gallegos* ? ou de ses coutures droites qui suivaient un indéchiffrable zigzag ? ou du sourire si bien imprimé dans ses joues qu'il ne déraidissait pas même sous les sarcasmes du patron ? Perfecta n'aurait pas su dire pourquoi elle s'était prise d'affection pour la Galicienne qu'on se renvoyait d'une machine à l'autre comme un fuseau de fil... Par là, Josefina !... débarrasse le plancher, la sauvage ! Et la sauvage se laissait maltraiter par ses voisines comme par son destin. Jusqu'au jour où doña Perfecta l'avait vue descendre seule de l'autobus avant la station de métro et s'engager dans une impasse qui ne débouchait sur rien.

— Comme toutes les impasses, madame Perfecta.

Elle ne m'entend pas.

Cette impasse ne pouvait même pas s'appeler un passage à logements. Aucun domicile fixe. Des maisons closes. De nature, Perfecta n'avait pas tendance à fouiner dans l'intimité des autres. Mais cette nuit-là, elle parla à son homme. Si Josefina se prostituait, elle y était forcée. Diego avait sommeil, il grommela quelque « demain... Perfecta... on en parlera demain... » puis laissa sa femme couver seule son angoisse.

Le lendemain, elle n'aborda pas le sujet avec son homme qui avait dû pourtant, en glissant dans le sommeil, enregistrer des images insolites car de lui-même, rendu au soir, il s'enquit de la Galicienne.

— Je crois qu'elle est enceinte.

— Grand Dieu !

Exclamation sortie de ma bouche, à l'unisson avec celle de Diego.

... Vous comprenez, mamozelle Tonine, une immigrante débarquée seule dans un trop grand pays, pays trop neuf, trop étranger... La pauvre fille n'avait pas su accomplir les promesses faites à sa famille. Au bout d'un an, elle arrivait tout juste à payer le pain et le loyer. Et les lettres de son père, puis de ses frères aînés qui s'empilotaient sur sa table de nuit la poussèrent à chercher désespérément un travail supplémentaire. Elle avait approché du bout des pieds le patron... peut-être pour des heures nocturnes... ou à domicile... Le patron avait mesuré la sauvage de la tête aux cuisses sans se donner la peine d'écouter son balbutiement, puis avait réfléchi. Quelques jours plus tard, il la poussait dans l'impasse, la bourrant de tapes dans le dos et de mots rassurants.

— Il a même pas pris le temps de lui dire comment se protéger, le salaud !

— On parle toujours du patron grec ?

— Non, le Grec était dur, mais c'était pas un maquereau. L'autre...

Elle n'ajoute rien, et je n'insiste pas. D'ailleurs tout cela est vieux de quinze ans. Mais la Galicienne ? Qu'était devenue Josefina ?

Le visage de Perfecta s'assombrit, puis un éclair allume ses yeux, enfin un gloussement lui froisse les ailes du nez. Je la vois en quelques secondes passer par une gamme d'émotions qu'elle est bien aise de déverser sur moi.

... Josefina, 'maginez, mamozelle Tonine, avait accouché en pleine manufacture de couture, étendue dans les soies et les velours, figurez-vous, laissant même les traces de son malheur maculer les tissus achetés en Chine et au Pakistan et que le patron gardait empilés à l'abri des mains sales de ses ouvrières, mais que l'Ukrainienne déroulait sur le plancher de tuiles grises en criant en russe par-dessus la tête de l'Italienne d'avertir la Polonaise de s'amener pour aider à sortir du ventre de la Galicienne un bébé qui criait sa joie d'arriver au monde au milieu du cercle des couturières venues des quatre coins de l'Europe chercher en terre d'Amérique une vie meilleure, et qui ce jour-là se sentirent chacune la mère de l'enfant qui naissait entre les pédales de trois cents machines à coudre. Les Espagnoles, les Russes, les Portugaises, les Turques, les Hongroises, les Grecques, toutes firent cercle autour de l'innocente Josefina pour la cacher aux yeux d'un patron qui n'avait pas d'affaire à se mêler de ça.

8

Ce matin-là, je vous vois affolée. Vous me confiez que la veille, madame Lefebvre vous a commandé la robe de mariée de sa fille.

Elle, Perfecta, qui était passée par les coutures droites et les machines en série, dans les usines de gros, elle, la petite ouvrière immigrante, on lui confie la robe de mariée d'une fille d'Outremont-d'en-haut !

— J'étais si émue que je bégayais, mamozelle Tonine, je disais n'importe quoi... que je parlais pas anglais, figurez-vous !

Madame Lefebvre en avait conclu que c'était une forme de refus et s'était résignée. Et vous étiez repartie sans pouvoir vous expliquer, confuse, hébétée, craignant de l'avoir blessée.

Vous voyant si déconfite, je veux prendre le téléphone et m'entretenir directement avec madame Lefebvre. Il y a maldonne, madame Perfecta ne voulait pas refuser...

— Vous la ferez, n'est-ce pas, sa robe de mariée ? Je peux le lui confirmer ?

Un sourire gêné me prie d'attendre. Vous parlerez à la patronne. Vous êtes en confiance. Pas autant qu'avec moi, mais... vous vous expliquerez. C'est la faute de l'émotion, la surprise... Merci, merci, mamozelle Tonine.

... Le plus beau mariage, mamozelle Tonine. Deux cents invités, débarqués en limousines, une douzaine de filles d'honneur, quatre jolies bouquetières de trois ans, accompagnées de leurs cavaliers du même âge en queue de pie, une pluie de fleurs, toutes naturelles, de la musique exécutée sur place par de vrais musiciens en chair et en os, des violons, de l'orgue, de la flûte de travers... escousez-moi... traversière, et la mère de la mariée en bleu azur... non, turquoise... non, bleu très rare, entre tous les bleus du ciel et de l'océan... la mariée au bras de son père plus fier qu'un cardinal et qui n'arrive pas à détacher son sourire des joues de sa fille qui ne porte pas, comme elle, Perfecta, quarante ans plus tôt, son premier enfant sous sa robe de mariée.

Son récit bloque. Elle lève des yeux confus sur moi qui proteste :

— Doña Perfecta, cette enfant sous votre robe de mariée, c'est votre fille aînée qui a fait à son tour un beau mariage, qui a déjà eu sa première fille et qui assure avec bonheur votre lignée... De quoi vous plaignez-vous ?

Non, elle ne se plaint pas, elle rêve tout bêtement.

— Vos rêves ne sont jamais bêtes, ne dites pas ça.

Elle s'était mariée sous le grondement des canons. À l'église, si fait, la petite église de Villar Quemado, à côté de Teruel. Et mariée en blanc.

Elle lève vers moi des yeux inquisiteurs. Je souris avec l'air de celle qui ne comprend pas pourquoi on l'interroge et elle poursuit.

Elle n'avait pas eu le temps encore d'apprendre à coudre. Et sa mère n'était plus là pour faire sa robe de mariée. Quant aux cousines du côté paternel, autant s'adresser directement au général Franco.

Je la vois frissonner de la nuque à l'échine. L'association des deux images, sa mère et Franco, plus la robe de mariée et la robe de sa mère... lui arrache un léger hoquet, mais elle se ressaisit et continue.

— On meurt en noir, mais on se marie en blanc, qu'elle tranche sur un ton sans équivoque. Et tant pis pour les cousines qui riraient d'elle.

Elle irait voir la gitane qui saurait la sortir du pétrin.

Sa vieille amie, une gitane née le même jour qu'Alphonse XIII, lui racontait souvent des histoires du temps des derniers rois qui n'avaient plus rien de très chrétien, tous un peu lâches et mous, et qui n'avaient pas volé le sort que leur réservait le siècle. Un roi très chrétien qui ne sait pas s'interposer entre ses humbles sujets et l'épée des barbares, qui ne sait pas empêcher les brigands de faire tant d'orphelins ne méritait pas de naître le même jour qu'elle, la gitane, qui savait accueillir sans regarder la couleur de leurs dents les enfants des morts des deux camps. Et la gitane s'était prise d'une réelle affection pour la jeune Perfecta.

— Elle savait lire dans la main et dans les étoiles, mamozelle Tonine. Et même plus loin.

— Plus loin que les étoiles ?

— Le cœur d'une fille à la veille de ses noces cache de quoi que même les étoiles sauraient pas éclairer.

— Et la gitane l'a déniché ?

— Elle a compris que je voulais me marier en blanc. Sans que j'en dise un mot.

Comment aurait-elle pu lui confier un secret qu'elle n'osait même pas s'avouer à elle-même ? Son désir était si profondément enfoui qu'elle n'arrivait pas à le saisir ; elle voulait désespérément, sans savoir pourquoi elle voulait. Elle se souvenait seulement de la promesse faite à sa mère. Mais en lui jurant de se marier en blanc, elle n'était pas sûre d'en avoir compris le symbole.

— Aucune importance, que m'a dit la gitane, la robe blanche va refaire toutes les coutures... que ça paraîtra même plus.

Et elle lui avait taillé sa robe de ses propres mains dans une *bandera*.

— Une bannière, doña Perfecta ? Mais le drapeau espagnol n'est-il pas jaune et rouge ?

Elle se drape dans son air des grands jours et :

— Les gitans sont de tous les pays et font donc flotter au-dessus de leur camp la seule couleur qui peut leur sauver la vie, le blanc qui veut dire : laissez-nous en paix.

Son beau rire entraîne le mien. Puis elle s'arrête net :

— Si, ce jour maudit, ta mère s'était enveloppée de blanc au lieu de noir, qu'elle m'a dit, la gitane...

Et la gitane s'était tue. Perfecta, un demi-siècle plus tard, se tait. Je dois me taire à mon tour et la laisser seule couver ses souvenirs.

Je me lève, ramasse les tasses et les cuillères à café et m'éloigne, quand :

— On pouvait pas appeler ça une robe de noce, mais... Diego me trouvait quand même la plus belle mariée d'Aragon.

Elle m'arrache la vaisselle des mains, glousse pour couvrir son embarras et disparaît dans la cuisine.

Je la vois enfiler la nef centrale de son église de campagne au son des grenades et des canons, flottant dans sa robe blanche taillée dans une *bandera* destinée à soustraire à l'ennemi le peuple le plus apatride de la terre. Et je me dis que ce jour-là, la petite fille de Teruel épousait la misère du monde.

9

Chaque fois que je dois m'éloigner, je la vois m'accompagner à la porte, se tenir droite sur le seuil et m'envoyer la main comme la mère qui regarde partir son enfant pour l'école. Je m'en vais en toute confiance : mon monde sera bien gardé. C'est pourquoi j'ai pris l'habitude de ne jamais quitter les lieux, en ses jours de garde, sans la prévenir. Je serai de retour dans une petite heure, madame Perfecta, ou je ne rentrerai pas avant le soir.

Mais ce jour-là...

Passez-moi la barre, Perfecta, laissez-moi raconter la suite. Car il vous manque à vous des éléments du drame qui s'est joué entre nous en ce frais après-midi d'octobre quand je suis sortie vérifier le kilométrage de ma voiture. Je savais que le préposé au service allait me le demander, autant me préparer à répondre... Hummm... j'avais fait du chemin... il était grand temps de changer les pneus... Et je me hâte de retourner à la maison quand j'entends :

— Bonjour, on ne se voit pas souvent.

Une voisine d'en face qui avait été mon élève dans le temps.

— Viens donc prendre un café.

Nos vies et professions avaient pris des voies aussi éloignées les unes des autres que la science pure et l'univers réinventé.

J'étais sortie sans prendre la peine d'enfiler ma veste, mais je n'avais que la rue à traverser. Curieusement, nous étions nées dans le même village des côtes atlantiques exactement dans le même rapport de voisinage que nous l'étions devenues par pur hasard dans une ville de plus d'un million d'habitants et à mille kilomètres de notre lieu d'origine. Je m'émerveillai.

— Tu crois au hasard ?

Elle rit. C'est une scientifique. Je suis fabricante de rêves.

— L'artiste est le seul qui a tous les droits de refaire le monde.

Et ensemble nous l'avons refait en glissant du hasard au destin à nos destinées, assez chargées pour nous laisser vider toute une cafetière, sans nous rendre compte du temps qui, à notre insu, continuait à bâtir le monde sans nous.

Quatre coups de son horloge grand-père me ramènent d'un bond à la réalité des jours qui tombent vite en automne.

— Déjà ?... J'étais juste sortie vérifier le kilométrage de ma voiture.

— Combien ?

— Je ne sais plus compter en années-lumière.

Je me lève avec promesse de reprendre le débat, chez moi la prochaine fois. Et je sors retrouver ce chez-moi que, sur le coup, je crois envahi par les flammes ou les Martiens.

N'exagérons pas, quand même. Il ne s'agit que d'Ernesto, notre homme à tout faire, qui revient en courant du parc Joyce, les bras comme un épouvantail dans le vent. Mais que fait là Perfecta, raide comme un gendarme au beau milieu de la rue ? J'entends Ernesto lui crier qu'il n'a rien trouvé, qu'il a fait les parcs, les ruelles, les terrains vagues de tout le quartier, que... rien, rien ! Je vois Perfecta se boulanger le ventre de son tablier qu'elle ne cesse de rouler en fuseau, tout en scrutant le ciel qui ne tardera pas à s'obscurcir, rendant les recherches encore plus désespérées. Et c'est au moment où je réussis à m'arracher à ma torpeur et à courir vers elle que j'entends les sirènes de deux voitures de police qui s'engouffrent dans la rue pour compléter le tableau du fléau que je vais bientôt connaître.

— Qu'est-ce qui se passe ?

Elle m'aperçoit, pâlit, laisse son tablier se dérouler jusqu'aux genoux et garde la bouche assez grande ouverte pour avaler l'éternité.

Alors seulement je comprends. La catastrophe, c'est moi.

— Je sors de chez la voisine, Perfecta. On a pris le café... causé de choses et d'autres... je n'ai pas vu les heures passer.

Je bégaye comme du temps que, du perron de la maison paternelle, on attendait mon retour de l'école par le crochet interdit du ruisseau du docteur.

Elle se donne le temps de rentrer son souffle, replacer dans son chignon une mèche rebelle, refaire son visage qui, lui, a vu les heures passer, avant de me lancer sur un ton que je n'oublierais pas sur l'échafaud :

— Mamozelle Tonine, si vous étiez ma fille, je vous giflerais.

Toute ma vie, je garderai ce cri du cœur de ma femme de ménage comme le plus authentique mot d'amour reçu depuis la mort de ma mère, partie avant même d'avoir eu le temps de me le dire.

Elle avait constaté mon absence moins d'une demi-heure après ma sortie de la maison. La voiture n'avait pas bougé, vestes et manteaux restaient pendus dans le vestiaire d'entrée... je ne pouvais être loin. Or je n'étais nulle part.

... Mamozelle Tonine...

... Mamozelle Tonine !...

... MAMOZELLE TONINE ! ! !

Dix fois elle avait fait les escaliers du sous-sol à l'attique, le tour du jardin, le garage, la remise, les placards, elle avait enfoncé les portes ouvertes des salles de bain, refait la remise, le garage, le jardin... et appelé notre homme à tout faire.

Ernesto n'était pas du genre nerveux, mais lui aussi avait vécu sur les ruines de la guerre civile espagnole, du côté catalan en plus, ce qui n'avait pas de quoi rassurer davantage. La seule mention d'une disparition lui renvoyait l'image de ses oncles, de cinq ou six compagnons de son père, de tout un maquis de son village qui n'avait plus jamais donné signe de vie. Il eut alors la maladresse de laisser tomber devant Perfecta le nom de Pierre Laporte enlevé quelques années auparavant par des terroristes...

C'est à ce moment-là qu'elle avait décidé de signaler ma disparition à la police. Elle empoignait déjà le récepteur du téléphone quand un scrupule l'avait saisie. Si, pour un motif qu'elle n'arrivait pas à déchiffrer, la disparue avait ses raisons de disparaître... Avec un écrivain, sait-on jamais... Et elle avait raccroché. De quoi se mêlait-elle ? Mamozelle Tonine avait peut-être... voulait peut-être... Si elle, Perfecta, avait été dans les écritures, rien ne l'eût amusée autant que de lancer ses personnages dans de belles aventures policières... mamozelle Tonine pouvait bien se trouver sur les traces de quelqu'un... Mais si c'était ce quelqu'un qui était sur ses traces...

Elle avait décroché de nouveau le récepteur pour alerter la police... 411... non, 441... non, 991... s'était précipitée dehors pour secouer Ernesto parti fouiller le parc, était revenue à la maison, avait composé au hasard n'importe quels trois chiffres qui finissent par donner 911 et annoncé à la téléphoniste dans une bouillie de français hispano-aragonais le rapt de mamozelle Tonine.

Je la ramasse à la petite cuillère, cherchant à faire amende honorable, à la consoler, accueillant sur mon épaule chacun de ses hoquets qui se morfondent en excuses. Comment a-t-elle pu me menacer d'une gifle, elle qui n'a jamais levé la main sur aucun de ses enfants ? Non, jamais, pas plus que sa propre mère sur elle. Son père, si, une fois.

Elle avale ses derniers sanglots, se mouche et s'assied devant la fenêtre de mon jardin d'hiver pour m'introduire dans un des recoins les plus secrets de sa mémoire. Ce bouchon d'énergie s'asseyait si rarement que j'en éprouve une étrange émotion, la sensation d'entrer dans un instant privilégié.

... J'étais jeune, m'avez-vous raconté, ma mère nous avait déjà quittés, mon père m'avait confié la charge de la maison et l'éducation de mon petit frère. Je faisais de mon mieux. Mais c'était malaisé. Je n'entendais autour de moi que les bruits de la guerre, je voyais l'avenir complètement bouché. Pourtant j'avais appris dès ma naissance, peut-être avant, à aimer la vie que tant d'autres de mes semblables avaient perdue avant même de la connaître. J'étais une des chanceuses qui malgré tout étaient là, encore en vie. Et je regardais mon père qui venait de perdre la moitié de la sienne. J'aurais tout donné pour diminuer son chagrin. Je ne pouvais pas faire grand-chose, mais je fourbissais jusqu'au sang de mes mains le sol pierreux de la maison, lavais le linge à l'eau glacée du ruisseau, rapiéçais les culottes et les chemises, faisais répéter les leçons au petit... en chantant, mamozelle Tonine, en chantant les dernières chansons reçues de ma mère. On disait qu'elle m'avait laissé sa voix en héritage... mais non, je suis sûre que non, pas la voix cuivrée de ma mère.

Un jour quelqu'un avait dit à la jeune Perfecta qu'une voix comme la sienne était dangereuse et pouvait tuer un homme. Ces mots avaient ressuscité le fantôme de sa mère. Mais le fantôme avait vite disparu parce que ce quelqu'un continuait à l'accuser de vouloir sa mort. Elle avait fini par rire en avouant à ce quelqu'un qu'il ne courait aucun risque puisque le ridicule ne tue pas. Il était parti dépité, et elle était restée seule à ronger sa honte. Pas longtemps. Le lendemain, il était revenu. Elle s'était aussitôt arrêtée de chanter. Mauvais réflexe. Parce qu'il lui avait demandé pourquoi elle ne chantait plus : ou elle arrêtait à cause de lui, ou elle chantait pour lui. Chanter ou se taire, c'était des deux côtés un aveu. Le piège. Elle était prise au piège d'un sentiment qu'elle n'avait pas eu le temps d'apprivoiser, pas eu le temps d'apprendre à nommer, un froissement au creux de la poitrine qui s'enfle, éclate et s'ouvre sur un ciel tout bleu. Elle était amoureuse.

— Il était le plus beau, mamozelle Tonine.

Je n'en doutais nullement, je le voyais, trente ans plus tard.

— Et ç'a été le coup de foudre ?

— Le coup de pied au ventre.

Puis :

— On s'est aimés, mamozelle Tonine, tous les deux très jeunes. Et quand mon père l'a su, il était trop tard. J'étais enceinte de la petite depuis trois mois.

J'attends la suite parce que je devine que la conteuse qu'est Perfecta me réserve une chute digne de son récit. Elle se lève avec un semblant de détachement, se prépare à entrer dans sa cuisine, voit que je ne bouge pas, comprend que je ne bougerai plus... Alors elle revient me dire :

— Mon père m'a giflée, et ç'a été la plus grande marque d'amour que j'ai jamais reçue de lui.

10

C'est Ernesto le Catalan qui vous apporte la nouvelle. Vous vaquez à vos affaires, comme d'accoutume, en chantant. Et c'est sur la plus haute note du lamento que votre compatriote vient déposer comme un oisillon dans un nid son :
— Franco est mort !
J'entends le trémolo dégringoler toute la gamme et se fracasser sur le sol. Puis je vous vois vous asseoir, vous relever, retomber sur vos fesses. Vous qui d'ordinaire cherchiez tant à camoufler vos émotions, ce jour-là elles vous sautent à la figure. J'y lis un mélange de nostalgie, de révolte, de velléité de pardon et soudain d'une irrésistible décision.
— *Yo voy.*
Vous y allez ? Vous irez en Espagne ? Je n'arrive pas à y croire. Pas pour enterrer Franco tout de même.
— Depuis tout le temps... J'attendais. *¡ Ahora voy ¡*
Je comprends. Elle attendait la fin d'un régime pour retourner.
— Pas pour toujours, doña Perfecta ?
Pas pour s'y installer, non, le passé c'est le passé, pour la revoir, la humer, remplir ses narines des parfums de fleurs d'orangers, de jasmin et de mimosa, ses yeux de vert olive, de rouge brique et de jaune safran, sentir sur sa peau bronzée par le soleil, la douceur des vents venus d'Andalousie, retrouver une terre meurtrie qu'elle a crue à jamais engloutie par le temps.

— Non, pas à jamais. Je savais que le pays se relèverait. Mais je craignais...

— ... Que ce ne soit pas de votre vivant. Vous savez bien pourtant que les dictateurs ne sont pas immortels.

Bien sûr, elle le sait. Mais ces choses-là, on les sait après. Au lendemain de la guerre civile qui laissait son pays exsangue, elle ne voyait qu'un horizon bloqué.

— Pourquoi pensez-vous que je suis venue planter l'avenir de ma famille ici, mamozelle Tonine ?

Vous me l'avez dit déjà, pour la soustraire à la misère.

Non, il y avait davantage. Autre chose. L'Espagne était coupable. Envers son peuple. Envers vous.

— Voulez-vous dire que vous cherchiez à la punir ?

Elle ne m'entend pas, ou fait semblant de ne pas entendre. Elle a toujours refusé de lever le voile sur ce chapitre de son histoire qu'elle garde jalousement. Qu'elle a gardé jusqu'à la mort du dictateur. Mais voilà qu'une page est tournée, et je m'attends à la voir ouvrir devant moi son grand livre secret.

— Donc, madame Perfecta, vous irez finalement revoir l'Espagne.

Elle va répondre, quand elle est distraite par la boutade d'Ernesto : comment l'Espagne qui pour un oui et pour un non se voit chaque jour couper son électricité a-t-elle réussi à garder en vie un moribond branché de la tête aux pieds ?

— Pour se maintenir en vie, encore une fois, Franco a plongé dans la noirceur et le froid tout un pays.

Son rire entraîne le mien et celui de Perfecta.

Un mois plus tard, elle s'envole vers l'Espagne. Jusqu'au dernier moment, je crois qu'elle ne partira pas. Il y a les filles, l'accouchement chez l'une, la varicelle chez l'autre ; il y a le mari qui doit attendre ses semaines de vacances ; il y a moi... Ah ! ça, non, Perfecta, je veillerai moi-même sur les plantes et les fleurs du jardin... Il y a elle enfin qui ne peut se décider à retrouver dans le réel une terre qu'en quinze ans elle n'a cessé de réinventer.

Et puis il y a la belle-mère.

Mais l'Espagne est la plus forte et vous partez. Grave, brave, avec tous vos œufs dans le même panier. Vous ne laisserez aucun fantôme de Franco ni aucune belle-mère vous voler cette Espagne ressuscitée de ses cendres. Elle est à vous, malgré tout, vous lui direz que vous ne l'avez pas reniée, que si vous l'avez quittée, c'était pour ne pas la voir tomber en ruine. Pour ne pas vous faire complice.

Je vous suis, à distance. Vol au-dessus de l'Atlantique cette fois sans mal de mer, mais de la turbulence qui vous projette contre l'épaule de don Diego assez brave pour vous décrire le chapelet d'îles qu'il suit de son hublot ; court arrêt à Madrid où vous prenez quand même le temps d'admirer les fontaines et les tableaux de Bosch et de Goya au Prado ; traversée en train de la Castille et de l'Aragon, en plein jour, le front collé à la fenêtre qui voit défiler à toute allure la terre aride, les troncs noueux de milliers d'oliviers, les collines, les maisons basses çà et là, puis les petits villages, gros villages, enfin Teruel !

Vous êtes rendue.

Rendue chez la belle-mère.

C'est à votre retour que j'entends parler pour la première fois de la belle-mère.

Diego avait longtemps hésité à présenter Perfecta à sa mère. Non pas à cause de Perfecta ; à cause de sa mère. Puis il n'avait plus eu le choix. Orphelin de père, mineur, il lui fallait le consentement maternel pour épouser Perfecta. La señora Edelmira avait pris ses grands airs, fait semblant de ne pas comprendre. Mariage ? pourquoi faire ? C'était donc si pressé ? Il avait tout son temps, son Diego, pour trouver la perle rare, une fille de la haute qui apporterait de la farine à leur moulin, qui achèverait de dorer un blason terni par des éclaboussures que doña Edelmira avait réussi tant bien que mal à couvrir de son voile de veuve honorable et perpétuelle. Elle tournait le fer dans la plaie jusqu'à saigner son fils comme un cochon à l'abattoir.

Mais à la fin, devant l'évidence, elle avait dû céder, mais en se promettant bien de faire payer à Perfecta le plus grand sacrifice de sa vie : la perte de son fils.

— Fils unique ?

— Non, mais fils préféré. Les autres ressemblaient trop au père, à son dire.

Votre sourire en oblique me dit le reste sur le caractère hautain, possessif, exclusif d'une mère qui n'épousera jamais la femme de son ingrat de fils.

Je comprends que vous n'étiez pas plus heureuse de tomber dans le giron de cette marâtre qu'elle d'y accueillir sa bru. Et vous avez résisté. Je vous vois, des années plus tard, refuser de pactiser avec le mensonge et le compromis, tenir tête à cette déchue de quelque lointain hobereau, fière de son ascendance mais aigre d'en être descendue.

— Je lui demandais pas de m'accueillir avec les enfants quand Diego était au front, même pas de m'envoyer ses restes. À vrai dire, je lui demandais rien du tout.

Diego aimait sa femme. Il honorait sa mère. Il allait de l'une à l'autre, cherchait les compromis, rêvait de réconcilier l'irréconciliable, puis retournait au front, le cœur chiffonné, l'âme dans les talons, avec un vague espoir de se faire tuer.

Rire triste.

— La mort répond rarement à ceux qui la cherchent.

Et plus triste encore, vous m'avez raconté les visites forcées chez la belle-mère quand, jeune mariée, vous accompagniez Diego. Je parlerai à ma mère, qu'il répétait chaque fois. Mais il ne parlait jamais. Dès qu'elle sentait venir le sujet, la mère plantait sa fourchette dans le gosier du fils comme une fermière gave son oie. Elle servait de la volaille, des légumes frais, des gâteaux à son préféré sous les yeux de Perfecta qui n'ouvrait pas la bouche. Pour elle, rien à manger, rien à dire. Ça, elle s'en souvient. Ses papilles s'en souviennent. Et son cœur s'en révolte encore, après toutes ces années.

Le retour en Espagne, après la mort de Franco, n'a rien rétabli entre la bru et la belle-mère. Quoique octogénaire, la señora Edelmira gardait toute sa vigueur de vieille acariâtre sélective et dénaturée.

— Vous le croirez ou pas, mamozelle Tonine, que quinze ans, trente ans sont passés sur cette femme comme de l'eau sur le dos d'un canard. Pas un pli dans la face qui dise autre chose que son dédain, son mépris, son dégoût d'un monde qu'elle a jamais aimé.

Mais le voyage avait cependant valu la peine. Elle a vu Diego pour la première fois soutenir le regard de sa mère. Sans pousser l'audace jusqu'à lui répondre, n'exagérons pas, il laissa pourtant entendre qu'il avait choisi. Et Perfecta s'en rengorgea.

— Après trente ans, mamozelle Tonine, vous croyez pas que ç'avait valu la peine d'attendre ?

Pour ceux qui ont la patience d'attendre trente ans, oui. Cette Perfecta, si pressée dans le quotidien, face à l'essentiel était d'un stoïcisme imperturbable. Le temps finissait toujours par se plier à son désir le plus profond.

Mais l'Espagne, c'était aussi son jeune frère Jaïmé.

— Il n'a pas reçu grand-chose de la vie, Jaïmé, me dites-vous, mais je suis tranquille. Il est heureux.

L'innocence démunie, silencieuse, qui traverse le paysage sans éclat, fait pourtant calouetter ceux qui la regardent de trop près, éblouit les yeux des mégères et belles-mères despotiques. Jaïmé, en présentant sans dire un mot à Perfecta son atelier de bricoles et ses cages à lapins, en l'introduisant dans son monde plus vaste que l'Espagne qui lentement sortait de son cauchemar, avouait à cette Espagne que rien n'était désespéré.

— Il m'a montré des petites pousses de vivaces que j'avais plantées, croyez-le ou pas, mamozelle Tonine... Je suis sûre que ce sont les miennes.

Pour lui, elle avait revêtu sa robe de soie bleue et chaussé ses talons hauts.

— Pour Jaïmé seulement ?

Vous m'avez regardée d'un drôle d'air, Perfecta, comme si vous refusiez de comprendre le sens de ma question. Vous m'aviez raconté déjà la mort du père, survenue quelques années plus tôt. Qui d'autre pouvait vous attendre sur le seuil de votre maison ? Pour qui vous faisiez-vous si belle ce matin-là ?

J'en étais rendue à lire dans votre âme, vous me deviniez, deviniez que je vous devinais. Alors, autant tout avouer tout de suite. Ce quelqu'un qui vous attendait là-bas, c'était vous, votre double, Perfectita : la petite fille que vous laissiez éperdue et pourtant déterminée et qui cherchait désespérément une porte de sortie d'une enfance qui avait rêvé si grand. Vous veniez lui rapporter une vie, à cette enfant qui vous avait lentement pétri une âme, vous étiez fière de lui dire que cette vie n'avait pas été inutile.

— Et je suis retournée, me dit-elle en avalant ses larmes, revoir le ruisseau où chaque semaine je faisais la lessive.

J'ai voulu savoir pourquoi, mais vous n'avez rien ajouté.

11

Elle me conduit finalement à son ruisseau le jour où j'insiste sur les vertus de la laveuse à vaisselle automatique – pourquoi vous donner tout ce mal pour laver à la main, madame Perfecta ! – vous m'entrebâillez un coin de Villar Quemado, le ruisseau qui rassemblait chaque lundi les femmes du village chargées de leurs paniers de linge sale.

— Vous pouvez pas vous imaginer, mamozelle Tonine, le bonheur de plonger ses mains dans l'eau chaude. Les mains dans l'eau chaude, vous comprenez ? Peut-être pas.

Si, je comprends. Je commence à comprendre. Je vois la jeune orpheline s'en aller en plein hiver frotter les chemises et caleçons de ses hommes dans l'eau glacée du ruisseau. Je la suis jusque-là.

Au lendemain de la mort de sa mère, son père lui avait planté le panier de linge sale au creux des bras et... au ruisseau, Perfecta ! Elle y rejoignit le cercle des femmes du village qui s'y rendaient depuis que le ruisseau était sorti de sa source. Chacune avait choisi ou hérité son coin d'eau, ses roches plates, son talus pour y appuyer ses fesses. L'eau ne manquait pas, l'eau coule toujours, plus ou moins à flots, mais les roches en aval, biscornues, et que le temps n'avait pas fini d'arrondir, effilochaient le coton frotté avec trop de vigueur. Et la rive y était escarpée. La jeune Perfecta regardait avec envie les places des anciennes et se demandait quelle avait bien pu être celle de sa mère avant que... Elle entendit ricaner en amont. Une cousine au troisième degré du côté paternel qui frottait son jupon contre une pierre plate et lisse usée par sa famille depuis des temps immémoriaux. Dans un temps pas si lointain, leurs familles se rejoignaient, la pierre plate aurait donc pu faire partie de son héritage paternel... Le rire s'amplifiait et longeait la rive, contournait le coude du ruisseau, se frayait un chemin jusque chez les vieilles qui levèrent la tête puis abaissèrent les yeux sur la toute dernière arrivée qui n'avait pas affaire à laver son linge sale parmi les propres. Elle ne comprit pas. Laver du propre ?... Rire redoublé. La troisième cousine lança une nouvelle offensive où le mot de « sale mère » atteignit les oreilles d'une Perfecta qui se redressa aussitôt.

Il n'y avait pas dans tout le canton de Teruel femme plus propre, maisonnée mieux rangée...

Elle ne put achever, on la bombardait de tous côtés. La propreté n'était pas que dans le linge, l'habit ne fait pas le moine, fallait lever le couvercle pour voir ce qui bouillait dans la marmite. Elle se bouchait les oreilles, fermait les yeux, détournait la tête. Elle payait pour sa mère ! Mais pourquoi en voulait-on à sa mère ?

— Descends plus bas, tu brouilles notre eau.

Je vous vois rentrer en vous-même en cet instant pour ramasser vos souvenirs.

Puis après une longue réflexion, vous sortez de votre mutisme.

— Les cousines étaient pas des vraies méchantes, elles étaient fières.

75

Et elle, Perfecta, elle n'était pas fière ? Mieux, elle était digne. Ce sentiment de l'honneur dont hérite tout Espagnol comme de la tache originelle... l'honneur qui la poussait des années plus tard à les absoudre, ses monstres de cousines. Mais à quatorze ans...

— À quatorze ans, c'était malaisé, mamozelle Tonine. J'étais montrée du doigt, rejetée, traitée de renégate, sans savoir ce que le mot voulait dire.

Sans savoir surtout la nature du crime dont on accusait la mère et qu'on faisait porter à sa fille de quatorze ans.

Et moi, Perfecta, quand vous déciderez-vous à me le confier, ce secret, à lever le voile sur le mystère dont vous enveloppez si jalousement vos souvenirs ? Ne sommes-nous pas en confiance ?

Le regard à la fois si intense et si tendre que vous posez sur moi m'incite à la patience, à la retenue, au respect de votre propre mystère plus insondable que le drame de votre mère que vous venez à peine d'esquisser.

12

Je n'en reviens pas encore, Perfecta, après toutes ces années, je n'en reviens pas ! N'essayez pas de me convaincre, vos arguments posthumes sonnent faux. *El hombre* devait se rapprocher de son lieu de travail, disiez-vous, vous alliez donc déménager, quitter le boulevard Saint-Laurent pour vous enfoncer dans le nord-est de Montréal. Et vous, dans tout ça ? Ça vous était égal de mettre désormais trois autobus entre vous et moi, quatre entre Saint-Michel et Westmount ? En plus qu'il dispose, lui, de la voiture.

— Je n'ai jamais appris à conduire.

— Bien sûr, mais pourquoi ?

À bout d'arguments, vous m'avez lancé ce jour-là, l'air le plus innocent du monde :

— Si vous saviez, mamozelle Tonine, comme l'autobus est agréable !

— Non, pas ça, Perfecta, dites n'importe quoi, mais ne venez pas avec une telle plaidoirie justifier le comportement d'un mari inconscient...

— Oh !...

— Excusez-moi, d'un mari qui tire trop fort de son côté toute la couverture... Vous ne pensez pas ? Pour accepter ce compromis, trouvez-moi d'autres bonnes raisons que les merveilles du transport en commun.

Sous la pluie à monter son col jusqu'aux oreilles ; sous les rafales de neige à taper des pieds pour les empêcher de s'incruster dans la glace ; sous les vents qui déplument les chapeaux et désembobinent les chignons ; sous le soleil écrasant à s'éventer le cou avec le *Journal de Montréal* ; sous la brume, la bruine, le bruit à guetter l'autobus en retard qui vous fait rater le second, puis le troisième...

— Vous parlez bien, mais vous exagérez.

— Mettez-en la moitié et c'est encore trop pour une seule femme.

— Mais justement, je suis jamais seule.

Bien sûr, tous les autobus sont bondés aux heures de pointe. Mais chaque passager n'en est pas moins seul au monde, perdu dans cette masse anonyme.

— Oh, oh ! si vous saviez !

Dès ce jour-là, je commence à le savoir. Et c'est vous qui allez me l'apprendre. La masse la plus compacte est composée d'individus que votre œil perçant parvient à isoler. C'est ainsi que votre univers s'agrandit jusqu'au cercle d'amis parallèle au cercle de famille et de voisins du boulevard Saint-Michel, un monde qui n'entre jamais chez vous, que je n'imagine pas voir jamais entrer chez moi, que je soupçonne même un temps de ne pas exister ailleurs que dans votre fertile imagination, tant vous avez besoin de lui. Mais si tel est le cas, votre capacité d'invention dépasse de cent coudées la mienne. Vos Dolorès et Carmen ont une consistance plus palpable que toute la galerie d'êtres réels que je côtoie dans le quotidien. J'en suis rendue à prendre des nouvelles de vos copines comme de proches connaissances, à m'inquiéter de leur santé, à m'assurer que la mise à pied du personnel de nuit du Canadien Pacifique n'affecte aucune d'elles.

Je prends peur pour le vieux Polonais qui a raté le 129 d'une seconde un jour de grand vent et que vous voyiez courir derrière l'autobus, boitillant, haletant, les bras dessinant des arabesques désespérées dans le ciel, jusqu'à obliger vous-même le chauffeur à s'arrêter à force de cris que vint renforcer le chœur des commères, Dolorès en tête... car un Polonais a beau être un Polonais, un immigrant comme elles toutes, il a son état civil, et ses droits de l'homme, et son âge.

— Il passe quatre-vingts, me dites-vous, avec une barbe toute blanche et frisée, des yeux de chevreuil, et il prend le 129 trois fois par semaine. Si le chauffeur n'avait pas stoppé son autobus avant l'arrêt, Dolorès se préparait à cogner dessus à coups de sacoche de *cocodrille*. Mais c'est finalement Carmen qui l'a convaincu, parce que vous savez comme moi qu'on attrape plus de mouches avec une cuillerée de miel qu'avec un tonneau de vinaigre.

Je viens de saisir la vraie différence entre Carmen et Dolorès... ses copines qui allaient prendre tant d'importance dans nos vies.

Après cela, je peux entrer dans le jeu, accepter vos règles, Perfecta, et vous accompagner dans les autobus qui voyagent de Saint-Michel à Rosemont à Outremont, à Outremont-d'en-haut, à Westmount, dans les deux sens, vous suivre jusqu'au coin réservé de votre imaginaire où s'opère la métamorphose.

Et je vois surgir l'une après l'autre vos compagnes d'autobus, réelles ou fictives, peu importe, mais aussi vraies que vous et moi qui sortons toutes deux, d'une manière ou d'une autre, du rêve de quelqu'un.

— Parlez-moi de Dolorès, madame Perfecta.

... Assez forte et costaude pour se charger le soir des bureaux de la compagnie du Canadien Pacifique et le jour de la maison de sa Juive du quartier Côte-des-Neiges. Une matrone acariâtre, celle-là, qui eût épuisé toute autre femme de ménage que l'inépuisable Dolorès. Cette fille du nord de l'Espagne avait du sang basque et le rappelait autant que nécessaire à sa patronne qui, après ça, n'osait trop insister sur la manière de passer la balayeuse dans les escaliers. Dolorès avait décidé que là où il y a du tapis, là passera la balayeuse. Et tant pis pour ceux qui couvrent de tapis leurs marches d'escaliers.

— Mais pas tous les jours, quand même, que se lamentait la propriétaire, vous allez finir par me les user.

— Mes nerfs vont s'user avant vos tapis si vous continuez à taper dessus.

— Qui c'est qui vous paye ?

— Qui c'est qui bosse au salaire minimum ?

Et la Juive, qui avait déjà perdu cinq bonnes, huit femmes de ménage, treize hommes à tout faire, rentrait ses griffes et cherchait dans sa fenêtre d'en avant quelque innocent passant sur qui cracher sa bile. Dolorès l'écoutait crier après les enfants qui, en se rendant au parc Victoria, déneigeaient de leurs mitaines la clôture qui enclavait son parterre, riait de la voir cogner à grands coups sur les carreaux, arrêtait le moteur de sa balayeuse pour mieux entendre ses vociférations contre les « vilains voyous de vandales », puis s'appuyait d'une fesse sur une marche d'escalier afin de savourer pleinement sa victoire d'antisémite sur sa Juive cramoisie de colère.

Quand j'ai voulu demander à Perfecta pourquoi celle qui détestait tant les Juifs se rendait chaque semaine au domicile de la plus bilieuse de sa race, elle m'a regardée de l'air de me dire : Comment apprendre à détester quelqu'un si on ne le fréquente pas ! Et j'ai compris que Dolorès et sa Juive avaient autant besoin l'une de l'autre que l'avaleur de l'avalé. Sans savoir vraiment qui avalait l'autre.

Et l'autobus qui amenait la femme de ménage chez sa patronne continuait de vibrer sous les imprécations d'une Espagnole qui avait une chance sur dix de sentir couler dans ses veines du sang sémite. Mais il y avait un sang qui ne coulait pas dans ses veines, ça, Perfecta en est sûre.

— Une race que Dolorès déteste autant sinon plus que les Juifs.

— Les Arabes ?

— Y a pire.

— Les Noirs ?

— Pire. La race royale.

Mon rire rassure Perfecta et elle repart de plus belle. Alors j'ai droit, dans toutes les règles de l'art, à l'exposé du plus grand dilemme que dût affronter la fougueuse Espagnole du nord.

Imaginez que quelque dévot de la chrétienté avait osé proposer la canonisation d'Isabelle la Catholique. Comment ! C'était-y' rendu que la sainteté se vendait aux enchères ? Qu'un roi pouvait prétendre ajouter à sa couronne terrestre celle du ciel ? Qu'était devenue l'Église de Jean de la Croix et de Thérèse d'Avila, l'Espagne du Grand Inquisiteur ? Où, après ça, s'arrêterait le monde ?

Il s'arrêta dans les synagogues où des rabbins s'insurgèrent avec Dolorès contre la canonisation d'une reine qui les avait brûlés vifs au nom de Jésus-Christ tout au long du XVe siècle. Holà ! Dolorès voulait bien exprimer haut et fort son antimonarchisme jusqu'à boycotter la canonisation des rois, mais de là à joindre sa cause à celle des Juifs, holà ! De quoi se mêlaient-ils, ceux-là ? Est-ce que les décisions de l'Église, ça les concernait ? Et pour s'objecter aux objections des rabbins, elle se crut obligée de se ranger momentanément du côté d'Isabelle de Castille.

Perfecta et moi éprouvions une telle affection pour cette femme si entière, si attachante malgré ses lubies qui débouchaient sur un impardonnable racisme, que le jour où elle eut son accident de voiture...

— Elle était au volant ?

— Elle était tranquillement assise sur un banc public, se mêlant de ses affaires, près d'un arrêt d'autobus. Elle a vu venir la voiture droit sur elle, puis la happer.

— Elle a regardé venir l'accident sans bouger ?

— Elle était dans son droit.

Je suis incapable d'attendre la suite, d'apprendre qu'elle n'a subi que des blessures légères ; j'ai déjà joint mon rire à celui de Perfecta. Cette Dolorès était d'une trempe à retenir à bout de bras la Mort en personne qui se permettrait de l'approcher avant son heure. Chaque chose à sa place, chaque événement en son temps. Que les Juifs et les princes de ce monde se le tiennent pour dit.

Isabelle la Catholique qui avait triomphé en 1492 des Maures de Grenade, cinq siècles plus tard perdit sa bataille contre Dolorès : elle n'obtint pas ici-bas sa couronne céleste. Et Perfecta qui n'a de ressentiment contre personne – en dehors de la *guardia civile* et de la Phalange de Franco – me paraît se réjouir de l'animosité de son irréductible camarade d'autobus.

Et puis il y a Carmen, la plus grande amie de Dolorès qui n'en a pas d'autres.

— Carmen, madame Perfecta, c'est l'amie de tout le monde ?

— Pas de tout le monde, non, de ses amis seulement. Mais ça c'est beaucoup de monde. C'est quasiment tout l'autobus et tout le Canadien Pacifique.

— Comme Dolorès, elle y est concierge de nuit ?

— Elle fait les ménages des bureaux. Et le jour, elle a ses maisons.

— Mais c'est du jour et nuit ! Comment fait-elle ?

— Carmen pourrait faire le tour du monde en moins de temps que nous deux le tour de Carmen.

Et Perfecta m'offre son plus beau rire en cascade.

— Le tour de son cœur, j'entends.

Puis elle ajoute, parce qu'elle sait bien que j'ai compris :

— Elle a pourtant déjà commencé à perdre des dizaines de kilos. À force de volonté. Et curieusement, à mesure que Carmen amincit, Dolorès semble prendre de l'ampleur.

Décidément, cette Dolorès ne fera jamais rien comme tout le monde.

Je vois soudain le visage de Perfecta s'assombrir. Songe-t-elle à Dolorès ou à Carmen ?

— C'est pour la petite que Carmen a décidé de maigrir. Pour une enfant comme celle-là, une Carmen peut consentir à bien des sacrifices.

J'attends que Perfecta me dise en quoi la fille de Carmen... Puis j'apprends qu'elle n'est pas la fille de Carmen, mais d'une d'immigrante venue de Galice, comme elle.

— Vous vous souvenez, mamozelle Tonine, de Josefina de la manufacture de couture ?

Et comment ! Puis, soudain, mon esprit s'allume :

— Voulez-vous dire, Perfecta...

Eh oui ! Elle est en train de me dire que l'enfant conçue par erreur dans un bordel et née par accident entre les trois cents machines à coudre d'une compagnie à but lucratif, que la fille de la malheureuse Galicienne que son patron avait poussée dans une impasse, quinze ans plus tôt, vient de surgir dans la vie de Carmen, de Dolorès et de leurs compagnes d'autobus.

Elle était ronde, la jeune Esmeralda, et pourtant si jolie de visage, et si gracieuse, malgré tout ! Malgré son enfance de bâtarde, malgré une mère égarée, malgré sa taille de boulotte. Le jour qu'elle s'était mise à injurier en *gallego* le chauffeur qui lui avait pincé les fesses en passant, et que ça allait mal tourner pour elle, la fille de Josefina avait vu Carmen s'approcher pour prendre sa défense. Sans élever la voix, sans faire d'esclandre, Carmen avait ramené Esmeralda à son siège et le chauffeur à son devoir.

Petit à petit, un fort lien d'affection s'était noué entre les deux Galiciennes, dont la parenté de cœur et d'âme transcendait la filiation du sang. Et Carmen avait entrepris de rendre à sa protégée son goût de vivre sa jeunesse pleinement, sans complexe, sans honte, sans mépris d'elle-même.

— Commençons par perdre les kilos en trop, qu'elle lui avait dit un jour.

— Moi toute seule ? que lui avait fait Esmeralda, la bouche de travers.

Et Carmen avait compris qu'elle devait prêcher par l'exemple.

— Je les vois chaque semaine, qu'enchaîne Perfecta, se retrouver dans l'autobus, comparer leur mince victoire, se lamenter, puis se réjouir du moindre gain sur la nature.

Une nature plus souple chez une Esmeralda de quinze ans, et donc victoire plus rapide. Carmen, qui fait semblant de s'en affliger, savoure son vrai triomphe.

— Vous voulez savoir ce que m'a dit Carmen, mamozelle Tonine ?

Oh oui ! je veux savoir.

Carmen a raconté à Perfecta que pour rendre l'espoir en la vie à la fille de la malheureuse Galicienne, elle lui avait décrit sa naissance, dans les soies et les velours de la manufacture de couture, entourée de trois cents fées bénéfiques qui veillaient sur son entrée dans le monde. Mieux encore : Carmen défie sa jeune compatriote de partir un jour à la recherche de ses trois cents mères putatives.

— Que dites-vous de cette Carmen-là, mamozelle Tonine ?

— Je dis de ça, doña Perfecta, que cette Carmen, que je n'ai pas encore rencontrée, a pourtant déjà passé ma porte, grimpé jusqu'à mon attique et qu'elle me regarde...

Qu'elle me regardait ce matin-là préparer sans le savoir les lignes que j'écris aujourd'hui.

Carmen serait toujours là.

Mais vous, Perfecta, vous ne pouviez pas m'en dire autant.

13

— C'est à moi, me dites-vous en m'apprenant la mort de la belle-mère, à faire le premier pas. Je vous regarde sans comprendre. Le premier pas de réconciliation avec une morte ? En effet. Parce que les morts ne mettent pas tous le même temps à mourir. Vous m'avez l'air tout à fait convaincue de votre avancée. Certains morts meurent lentement, vous restent collés à la peau des années après avoir laissé leur dépouille à la terre.

— Mais alors, pourquoi pas Franco, madame Perfecta ?

— Lui n'a pas de visage, je l'ai pas connu personnellement.

C'est donc ça. La señora Edelmira a imprimé ses yeux sur votre peau, l'a traversée jusqu'à l'âme. Franco est une abstraction, la belle-mère est entrée en chair et en os dans votre vie.

— Elle est décédée dans la nuit. Diego part ce soir.

Les fantômes sont tenaces. Même de son vivant, Edelmira avait une tête plus dure que la vôtre, alors imaginez-la libérée de ce corps qui ces derniers temps la clouait à son fauteuil ou à son lit. Sa mort n'a affranchi qu'elle, pas vous. Elle a un compte à régler avec sa bru, c'est clair.

— Chaque nuit elle revient, me dites-vous un mois plus tard.

Vous lui avez pris son fils, elle le réclame. Et maintenant, elle est en position de force.

En entrant avec vous dans cette phase de la lutte, je comprends que vous êtes en train de jouer le tout pour le tout. La mère et l'épouse s'acharnent sur le même homme.

— *El hombre* dépérit, mamozelle Tonine. Le docteur lui ordonne un congé de travail.

— Dépression ?

— Il perd l'appétit, le sommeil, le goût de tout. Je crains de le laisser seul à la maison. Il se ronge les sangs.

— Vous aimeriez peut-être un temps pour vous ? Je peux m'arranger.

Je dis ça le cœur dans les talons, elle le voit bien.

— Le mois des grands ménages approche, mamozelle Tonine. Et des plantes du jardin.

— Si vous l'ameniez avec vous, madame Perfecta ?

— Ici ?

— Pourquoi pas ? Le temps de lui faire traverser sa mauvaise passe. Et... ça vous soulagerait durant le mois des grands ménages et du jardin.

Son sourire est triste à faire mal. Elle sait bien que la maison n'a pas besoin d'un employé supplémentaire, que le jardin est sa chasse gardée et qu'elle vient de toucher le fond de l'humiliation. Pourtant elle dresse le front :

— Dans ce cas, mamozelle Tonine, si on partage l'ouvrage, on partage les gages.

Inutile d'insister. Elle n'en démordra pas.

Et c'est ainsi que don Diego vient trois jours semaine accompagner sa femme chez moi, pour traverser sa mauvaise passe. Pour aider Perfecta à traverser la sienne surtout. Car je ne suis pas dupe : elle est plus mal en point que son homme. C'est clair que la belle-mère ne la lâche pas. Et Perfecta continue de laisser tomber, sans en avoir l'air, ses petits cailloux.

— Elle a pas eu assez de sa vie pour me tourmenter ? Et l'éternité, c'est plus long qu'une vie.

— Elle est revenue encore la nuit dernière ?

— Et l'autre, et l'autre.

— Des cauchemars, ça se soigne, doña Perfecta, faudrait peut-être...

— Cauchemars ? Si c'était que ça !

Je reste sidérée. Je n'arrive pas à imaginer le pire. Tous les pires : visions, hallucinations, apparitions... J'ai cessé depuis l'enfance de croire aux fantômes... depuis qu'on a élucidé le mystère du revenant de Richiboctou. Si l'âme d'Edelmira flotte quelque part, entre ce quelque part et l'ici-bas se dresse une frontière infranchissable : telle est ma croyance, et telle est, je l'ai toujours cru, celle de Perfecta. Il me faut en avoir le cœur net :

— Vous ne croyez pas aux fantômes, madame Perfecta ?

Elle se détourne. Le prochain caillou est pour elle seule.

— En chacun de nous grouille un régiment de fantômes.

Les écluses sont ouvertes. Elle parle. Aussi longtemps qu'elle se battra avec ses morts, ils seront là, plus réels que vivants. C'est elle qui les fait vivre avec ses souvenirs tenaces. Qu'elle les oublie seulement, les ignore, les bannisse de son cerveau et de son cœur, et chaque fantôme entrera dans sa vraie mort, close et définitive.

— Mais comment faire, mamozelle Tonine ? Faire disparaître un seul d'entre eux, c'est les tuer tous. Et certains morts n'ont pas achevé leur destin.

Elle se sent gênée de m'en avoir tant dit.

— Escousez-moi, mamozelle Tonine, mais on est en confiance.

Nos rires, encore un coup, ont dégringolé le même escalier.

Elle traîne depuis des mois le boulet d'une revenante qui exige d'elle un geste surhumain.

— C'est si difficile, doña Perfecta, de pardonner ?

— Non, ça je l'ai déjà fait.

— Edelmira veut autre chose ?

— Je crois qu'elle veut que moi je lui demande pardon.

Edelmira, t'exagères !

— Je lui ai enlevé son fils.

— Vous voulez quand même pas le lui rendre ?

— Ça non !... mais il y a plus.

Quoi encore ?

— Je n'ai jamais cessé de la détester.

Rendue là, je prends peur : suis-je devenue son confesseur ? Eh ben ! si tel est le cas...

— Vous êtes absoute, doña Perfecta, allez en paix.

Et pour m'assurer que tout rentrera dans l'ordre, que l'absolution est totale et que le fantôme d'Edelmira ne montrera plus jamais le bout du nez :

— Je prends votre péché sur moi, allez ! je la détesterai désormais pour deux.

Elle ne me reparle plus jamais de la belle-mère, sinon pour l'incorporer en toute innocence aux portraits de famille qu'elle continue à me brosser comme elle a toujours fait.

Don Diego sort indemne de sa déprime, ne gardant de son deuil que sa morosité congénitale qui offre un tel contraste avec la joie de vivre de sa femme.

Quant à moi...

... Voulez-vous que je vous dise, Perfecta ? De temps en temps, Edelmira vient hanter mes nuits.

14

Le passage de Diego à la maison n'a pas été inutile. À son contact, Perfecta reprend son ton de maîtresse de maison. *¡Hombre ¡* qu'elle lui lance du haut de l'escalier, pas comme ça, attention ! Et l'*hombre* n'élève pas la voix. Chez moi, il est chez Perfecta. Tellement qu'elle doit à la fois se sentir libérée et privée par son départ. C'est évident qu'elle aime donner des ordres au maître, mais non moins évident que ses ordres ne servent pas à grand-chose. Pourtant, *el hombre* laisse sa marque à notre maison. Il aménage dans la plus haute corniche du grenier un semblant de colombier.

Pas un colombier fermé ni un bâtiment ou logement sophistiqué pour pigeons domestiques, non, rien que trois planches dans l'enfoncement de la lucarne. Mais cela suffit à dire aux colombes de la rue que chez nous on aime les animaux.

Et elles répondent avec l'empressement des exilés qui se cherchent une terre d'accueil. Il faut avouer que le quartier n'est pas tendre avec les pigeons. Mais Perfecta et moi n'abritons pas les pigeons.

— Seulement les colombes. C'est plus propre et plus inoffensif.

La rue ne nous chamaillera pas sur des colombes. Pas la rue, non, mais...

— Perfecta ! madame Perfecta, venez voir !

Elle dégringole les cinq marches qui descendent au jardin.

— Attention ! n'allez pas vous casser le cou pour des oiseaux.

— Les vauriens ! ils ont gagné. Ça fait des semaines que j'essaye de les éloigner, rien à faire, c'est des voyous.

De vulgaires pigeons gris sale ont finalement triomphé des blanches colombes qui avaient fait tranquillement leur nid dans l'enfoncement de la lucarne, nos colombes porte-bonheur, messagères de paix, qui ont survécu à une mitraille de grêle, puis aux peintres appelés à retoucher les cadres de fenêtre.

— S'il vous plaît, messieurs, ménagez les nids, ils auront bientôt des œufs.

Je peux voir quatre mains calleuses d'ouvriers dégoulinant de sueur et de peinture transporter puis déposer sur l'herbe avec une délicatesse de mère poule un nid tout prêt à recevoir la couvée. Et j'entends une voix rauque mais fière me crier du haut de son échelle :

— Craignez rien pour vos colombes, elles reviendront.

Elles sont revenues, mais pour être délogées aussitôt par une rafale de pigeons maraudeurs et mal embouchés qui n'ont attendu, comme il semble, que la fin des rénovations du domicile pour s'en emparer. D'innocentes colombes, nos protégées, sorties indemnes du déménagement de leur nid, puis des calomnies du voisinage, succombent à l'assaut de leurs grossiers cousins.

— Attendez, partez pas ! que crie Perfecta aux colombes qui dans leur affolement s'empêtrent les ailes dans mes lilas blancs et sèment leur duvet partout. Revenez ! j'ai connu pire que des pigeons.

Elle disparaît dans la remise puis en rapporte un balai à long manche, bien décidée de se mesurer à ce nouveau défi... C'est la guerre que vous voulez ? vous allez l'avoir, mes rapaces. Je la vois grimper un escabeau branlant en s'y accrochant d'une seule main, l'autre frappant l'air à coups de balai et d'injures, sommant les voleuses de voyouses de volailles de débarrasser la place.

J'éprouve un tel ravissement aux onomatopées de cette langue réinventée qui revole jusqu'à la corniche, que j'en oublie de venir en aide à une femme ayant passé soixante ans qui risque les os de sa colonne pour sauver l'honneur et une nichée de colombes.

Je ne saurai jamais, vous non plus sans doute ne l'avez-vous jamais su, si nous devons la victoire à votre balai, à vos menaces sans équivoque ou à la résignation des usurpateurs qui ont dû finir par comprendre que cette fois ils ont trouvé une adversaire à leur mesure et que leurs cervelles d'oiseaux ne peuvent concurrencer indéfiniment avec la tête dure de la gardienne des lieux. Je sais seulement que les maraudeurs s'en vont marauder ailleurs, abandonnant la place aux premiers occupants qui ramènent la paix à ma maison.

Durant la guerre civile, que me raconte Perfecta dans la paix de notre grenier, sa ville et tous les villages avoisinants se firent connaître pour leur lutte acharnée entre franquistes et républicains. On faisait feu sur les hommes au front, sur les femmes à la maison, sur les vieillards aux champs, sur les enfants assez imprudents pour s'écarter du foyer après le couvre-feu.

Perfecta connaissait le danger et, depuis la mort de sa mère, s'ingéniait à défendre son petit frère contre la vengeance des soldats en déroute ou la bravade des milices victorieuses. Ne sors pas après le soleil couchant, *hermanito*, prends garde, reste à la maison. Et *el hermanito* restait caché sous son aile.

Il avait à peine huit ans à la disparition de sa mère qui, en partant, lui avait laissé imprimé dans le cerveau une image vivante et indélébile.

Un matin que Perfecta était venue dérouler la paillasse de son frère qui avait encore pissé au lit, elle lui avait pris la tête dans ses mains et demandé avec une tendresse toute maternelle :

— Avec qui tu bavardes la nuit, Jaïmé ?

Mais Jaïmé ne parlait qu'à sa mère, aux autres il souriait. Et il sourit à Perfecta qui, par la fente de ses lèvres, pénétra jusqu'à son cerveau où nichait l'image qui venait chaque nuit répondre au discours indéchiffrable de l'enfant.

— Viens, *hermanito*, on va causer avec les oiseaux. Tu entends ce qu'ils disent ? Écoute.

Et l'enfant s'était mis à écouter chanter les rossignols : ¡ *Hermanito* ! ¡ *Hermanito* ! auxquels répondaient les pinsons : Jaïmé ! Jaïmé ! pine-pine !

Elle le vit lever la tête, arrondir sa bouche et siffler : Pine-pine ! Jaïmé !

Première victoire. Doucement elle lui remit les mots dans la bouche, à la cuillerée... une cuillerée pour papa... une pour Perfecta... une pour... jusqu'au soir où elle l'entendit clairement répéter : *por papa... por Perfecta... por mama...*

Il n'avait pas oublié.

— Reste à la maison, Jaïmé, après le soleil couché.

Mais un soir...

Il était introuvable. Mon Dieu ! Et elle se couvre d'un châle, et elle part à travers champs, et elle grimpe la colline, et elle s'essouffle dans les sentiers de vaches et de moutons, en murmurant tout bas pour ne réveiller aucun soldat endormi : *Niño... mi hermano...* Rien. Il faisait nuit noire. Elle n'entendait que le froissement des étoiles, même que certaines filaient en flèche par vieille habitude d'avant la guerre, comme si elles ne se rendaient pas compte que le monde avait chaviré. Perfecta en oublie un instant son inquiétude pour saluer la Bételgeuse... allez donc !... qui vient d'apparaître et de lui cligner de l'œil. Elle s'arrête pour lui répondre d'aller se coucher dans le chariot de la grande ourse, auprès de petite ourse... et ses joues figent sur l'image dans le ciel d'un ourson entre les bras d'un petit garçon... son frère... son frère... qui est rendu là... entre vie et mort...

— ¡ Hermanito ¡ hermanito ! qu'elle chuchotait de plus en plus fort, de plus en plus haut.

Elle hurla : Jaïmé !

Et c'est à ce moment-là qu'elle a entendu le coup de feu. Son cœur s'est arrêté de battre. Pour toujours. Jamais elle ne reprendrait son souffle. L'enfant que lui avait confié sa mère, que lui avait légué le destin de sa mère, elle n'avait pas su le défendre. Autant mourir avec lui. Mais mourir debout.

Elle s'est redressée, a ramassé son souffle, s'est raidie de tout son corps et est partie faire face à l'escouade, quelle qu'elle fût, républicaine, franquiste, indépendante, ou reste de régiment en débandade. Elle marchait crânement vers la mort, la tête chez la Bételgeuse et les pieds dans la bouette et la bouse de vache. Qu'ils se pointent, les bourreaux, qu'ils mirent droit au cœur, elle ne bronchera pas, ne déviera pas de sa marche. Elle avançait... avançait... et buta sur une souche que les labours d'automne avaient déterrée.

— Perfecta...

C'était lui, *el hermanito*, blotti au-dessus d'un nid qu'il avait réussi à protéger contre les tirs d'une milice en fuite. Au risque de sa vie, le petit frère de Perfecta avait sauvé ses seuls amis, les bêtes innocentes.

94

Elle se lève, cinquante ans plus tard, comme elle s'était relevée au cœur de la plus longue nuit de sa vie.

— Ce n'étaient pas des pigeons, madame Perfecta ?

— C'étaient des colombes.

15

D'ordinaire, le lundi matin je la vois enfiler la rue d'un pas plus vigoureux, tel le taureau qui en entrant dans l'arène n'a pas encore senti sur sa peau la piqûre des banderilles. Comme lui, sa force se concentre dans son cou, sous son front, au fond de ses yeux. Et après un bref : Bonjourrr, mamozelle Tonine ! elle s'empare de son arsenal de seaux, vadrouilles, époussettes, et je la perds jusqu'au repas du midi.

Mais ce lundi matin d'avril ou mai – en tout cas du début du printemps – elle entre plus leste que de coutume, gloussant en sourdine et se retenant pour ne pas laisser sa bonne humeur me contaminer et couper mon inspiration.

... Allons, allons, Perfecta, la bonne humeur est l'état d'âme le plus salutaire à l'inspiration, tout au contraire. Et je devine en plus que vous mourez d'envie de me faire partager une joie qui cache un fait divers pas si divers que ça. Dans les circonstances, j'ai appris à vous prendre de biais :

— Vous ne chantez pas ce matin, mais vous riez. Je peux savoir de qui ?

— Oh ! pas de vous, vous inquiétez pas.

— Pourtant, on n'est que toutes les deux ici aujourd'hui.

— Oui, et l'autre c'est moi.

Et elle en rit un bon coup. Puis se reprend :

— Le monde est plein de drôles de personnes.

Elle s'assure que j'ai vraiment l'intention de prendre une pause et qu'elle n'est pas en train de brouiller mes écritures, avant d'enchaîner :

— Vous vous souvenez de mes cousines de Villar Quemado près de Teruel ?

Je ne m'en souviens que trop. Mais comment ces petits monstres peuvent-ils provoquer son rire après quarante ans ?

— Elles ont atterri chez moi hier soir.

— Non ! !

— Oh ! vous en faites pas, je suis hors de danger, elles sont inoffensives.

— Vous voulez dire qu'elles ne peuvent plus vous faire de mal. Encore beau ! Mais que faites-vous de la mémoire de votre mère ? Elles l'ont bafouée, souvenez-vous, salie... Perfecta, je ne vous comprends pas.

Une ombre frôle son visage. Mes remontrances viennent de ternir sa joie.

— Excusez-moi... Les cousines ?

— Vous voulez ou vous voulez pas savoir comment elles sont réapparues dans ma vie ?

Je veux savoir.

Bien. Alors j'apprends que les chipies ont repris contact avec Perfecta, la cousine d'Amérique, qu'elles l'appelaient toutes les semaines de Paris...

— Vraiment ?

— Sans frais, elles sont à l'emploi d'une compagnie de téléphone.

— Ah bon ! téléphonistes.

— Pensez-vous ! concierges de nuit !

Perfecta se délecte. Puis :

— Avec le décalage horaire, leurs nuits tombent dans nos veillées, ça fait qu'elles en profitent. « Ici la France à l'appareil ! »

— Je vois. Des tricheuses.

— Si elles vous entendaient ! Mais non, voyons, une compagnie téléphonique nationale, c'est plus riche que deux pauvres immigrantes qui ont dû fuir la misère de leur pays.

— Ah ! parce qu'elles ont été persécutées... à leur tour.

Perfecta sent ma colère revenir et cherche à l'apaiser.

— Elles ont pour leur dire qu'avec les milliers d'appels qui sillonnent le ciel chaque nuit, un petit bavardage de plus avec une parente en Amérique...

— ... va pas ruiner la France.

— Voilà ce qu'elles ont pour leur dire.

Je songe aux coriaces qui toutes jeunes n'hésitaient pas à terroriser une innocente orpheline et je me dis qu'elles ont eu une longue vie pour s'envelopper la conscience dans une couenne imperméable.

— Elles peuvent parler des heures !

— Parler de quoi ?

— Du temps qu'il fait, toujours plus beau là-bas.

— Bien sûr...

— La vie est moins chère qu'ici.

— C'est selon.

— On mange bien mieux.

— Là, elles marquent un point.

— Et les gens sont beaucoup plus aimables.

— Comment ! ?

— Elles jurent que même les chauffeurs de taxis sont charmants et rigolos.

— Rigolos peut-être.

— Que les rues sont plus propres, les maisons mieux entretenues.

— Hey, hey ! En somme, les cousines espagnoles ont entrepris de vous vendre la France.

— C'est pas toutte. Elles cherchent à me dégoûter du Canada. Pays barbare, où l'on sait pas manger, pas parler, pas nous comporter comme des civilisés... parce qu'elles, les cousines, elles s'y connaissent en civilisation.

À son tour de s'emporter. Je sens sa colère monter en meringue. Et elle lance son pavé :

— Nous autres, on vit dans nos cabanes au Canada.

Rendue là, Perfecta ne rit plus. Elle peut en prendre, elle avait pardonné le ruisseau de Villar Quemado, laissé les Parisiennes lever le nez sur son métier de femme de peine dans les maisons privées, à tout cela elle oppose un rire narquois. Mais on ne toucherait pas au pays, le pays qui l'a accueillie, nourrie et logée, le pays qui lui accordait sa pleine citoyenneté, à elle et à toute sa famille au bout de cinq ans, le pays qui lui laisse la liberté de penser, parler, juger le monde comme elle l'entend, qui fournit des écoles et du travail à ses enfants, leur permet de parler trois langues, leur ouvre un avenir capable de racheter le passé. Ça non ! Et les lignes téléphoniques vibrent sous les cris indignés en espagnol qui franchissent l'Atlantique de Paris à Montréal, aux frais d'une compagnie qui n'apprendra jamais ou trop tard que des sans-scrupules la volent chaque nuit.

J'ai écouté, éblouie, le plaidoyer d'une immigrante en faveur de mon propre pays, en me demandant si ce pays était bien le même qui me nourrit, moi, me loge et me garantit des lendemains... Enfin, je ne vais pas encore une fois rabattre sa joie et je me contente d'une inaudible allusion aux tempêtes de janvier qui se poursuivent jusqu'à la mi-avril.

Le sourire qu'elle m'oppose est la preuve qu'elle ne m'a pas entendue. Je vois son visage se dérider et son gloussement reprendre.

— Mamozelle Tonine, comment vous dites en français ce que vous avez sous les pieds ?

— ... Le plancher ? ... le sol ?

— Non, je veux dire ce qui enveloppe, habille vos pieds.

— Parlez-vous de mes souliers ?

Elle éclate de joie.

— Je savais ! je savais ! Des souliers. Ça s'appelle des souliers ! Attendez ce soir que je retrouve les cousines.

— Comment, elles ne sont pas chaussées, vos cousines ?

Je vous ai vue, Perfecta, prendre le plus malin plaisir de votre vie à me raconter comment les chipies de Teruel devenues concierges à Paris ne portent pas de souliers, mais des chaussures, s'il vous plaît, on ne doit pas dire souliers, c'est pas frrrança, il faut dire chaussoures, môssieur, oui, môssieur, chaussoures, souliers ça n'est pas frrrança. Voilà l'argument qu'elles ont servi au douanier canadien qui, à leur arrivée, a osé leur demander si elles avaient quelque chose à déclarer :

— Rien à déclarer, merci.

— Pas de cadeau ?

— Non, que des vêtements personnels.

— Pas de champagne pour les amis ? De foie gras pour la famille ?

— On n'a rien à célébrer.

— Pas de parfum, de sac à main, de souliers ?

— Comment vous dites ? Des souliers ?

— Oui, des sou-liers ?

— Ce ne sont-ce pas des souliers, môssieur.

— Sont-ce pas des souliers ! Sont-ce quoi ?

— Des chaussoures, môssieur.

Le douanier, originaire du Lac-Saint-Jean, griffonne un signe sur leur carte de débarquement, et ordonne aux visiteuses de prendre à gauche pour subir l'examen secondaire, ouvrir leurs quatre valises et étaler sur le comptoir les vêtements, sous-vêtements, souliers, oui, mesdames, mesdemoiselles, sou-liers, le contenu complet de leurs bagages, et que ça bouge !!

Je peux me passer de la narratrice pour la suite. Je peux fort bien reconstituer la scène moi-même. Un douanier qui a appris le français en tétant le lait de sa mère à Saint-Félicien du Lac-Saint-Jean, qui a entendu de ses oreilles entendu, debout sous le balcon de l'hôtel de ville, le « Vive le Québec liiibre !» du général de Gaulle, qui a vu débattre à l'Assemblée nationale de Québec le *bill* 86 puis adopter la loi 101 qui défend son droit de parler chez lui sa langue, ce Québécois, sans le savoir, un demi-siècle plus tard et un océan plus loin, venge l'orpheline de quatorze ans, la mémoire de sa mère et l'eau limpide du ruisseau de Villar Quemado de Teruel.

Et Perfecta, en se remémorant les déboires des cousines qui sont entrées dans sa maison la veille, tout échevelées, haletantes de colère et donnant de grands coups de pieds à leurs valises éventrées, en glousse de plaisir une bonne partie de la journée.

16

Depuis quelque temps, je la sens fébrile. Elle s'arrête souvent devant la fenêtre côté jardin pour dialoguer avec ses fleurs qui sortiront bientôt de terre, ou avec sa poule coincée dans la basse-cour de son imagination. À combien de reprises lui ai-je offert d'aménager un minuscule poulailler à l'ombre des lilas ? Mais elle résiste, refusant d'introduire une pensionnaire si peu orthodoxe dans ma maison.

— Dans le jardin, madame Perfecta.

— Merci, mamozelle Tonine, je sais que c'est sincère et de bon cœur, mais vous finiriez par être la risée de tout le voisinage.

— Si vous saviez comme je m'en moque !

— C'est important la bonne entente avec les voisins.

— Pas avec des voisins qui me défendraient d'élever une poule. Ils ont bien des chiens, des chats, des canaris, des poissons rouges... est-ce que je m'en plains ?

Je ne me plaignais même pas du perroquet des Gagnon, ce grand bavard emplumé, qui intervenait dans mes dialogues avec mes personnages : « Tais-toi, friponne, tais-toi ! » Une poule, c'est plus discret.

Elle rit. Et j'ai cru pour un temps l'avoir distraite de sa nostalgie. Mais bien vite je me rends compte que sa poule n'a rien à voir avec l'état fébrile de son âme. Il y a autre chose. Son homme ? ses enfants ? Sa bru qui depuis qu'elle a emménagé dans son loft art déco du centre-ville... ? Passons. Une entente tacite entre Perfecta et moi : jamais l'une ne forcera la porte de l'autre. À moins que... J'en ai des démangeaisons au cerveau.

Si le temps me paraît long à moi, aux yeux de Perfecta, il doit s'étirer comme une éternité. En la voyant osciller entre le besoin de se taire et le goût de parler, je suis tentée de défoncer la porte qui enferme ses secrets. Mais j'ai appris à respecter sa liberté comme je défends la mienne. Elle veut et doit traverser seule l'épreuve, son chemin de Damas, qu'elle l'appellera elle-même. Un chemin qui a enfin abouti à son port final, c'est-à-dire à ma maison.

— Fini, mamozelle Tonine. J'ai choisi. Je reste.

Elle restait. J'ai cru comprendre qu'elle restait chez moi, au service de la maison, qu'elle avait donc été tentée de partir, de...

Et elle se met à déballer tout le paquet.

Je me cargue dans ma chaise longue du jardin, la laissant me servir le café avec un empressement inhabituel, oubliant de remplir sa propre tasse comme si toute son attention en cet instant convergeait vers moi, sa patronne devenue au cours des années sa confidente, presque son enfant.

— Vous vous souvenez, mamozelle Tonine, des manufactures de couture où j'ai fait mon apprentissage ?

Je remarque que chacun de ses récits qui font appel à ma mémoire profonde commence par : « Vous vous souvenez, mamozelle Tonine... ? » Façon de me dire sans doute qu'elle consent à m'y introduire.

— Vous vous souvenez des manufactures de couture ?

Et comment ! Mais assez d'années ont coulé sous les ponts depuis pour changer les manoufactoures en manufactures et la coutoure en couture. Je me souviens de tout : de la pauvre Josefina et du patron proxénète qui l'avait menée au bordel ; des cris de l'Ukrainienne en russe par-dessus la tête de l'Italienne qui se bouchait les oreilles ; de la Madrilène qui se moquait de ses coutures droites ; du jour où elle avait réussi toute seule un manteau complet avec le col, les manches, les poches, la doublure, les boutonnières ; enfin de son premier chapeau, la prunelle de ses yeux, le joyau de ses souvenirs.

— C'était merveilleux, doña Perfecta.

Mes images, calquées sur les siennes, mais agrandies de ma propre émotion, lui font venir l'eau aux yeux.

Puis je comprends qu'elle ne pleure pas sur le passé, mais sur un certain avenir auquel elle vient librement de renoncer.

— Faites pas attention, mamozelle Tonine, c'est l'émotion. Ces derniers temps, j'ai été bien tourmentée.

J'attends.

Au mariage de la fille des Lefebvre, il y a quelques années, elle avait fait la connaissance de madame Saint-Amant, une voisine de ses patrons d'Outremont-d'en-haut. Elle était dans la mode, avec boutique sur l'avenue Laurier, manufacture sur la Rive-Sud, défilés de mannequins venus de Toronto, tout le bataclan. Du gros business. Mais Perfecta, qui n'avait assisté au mariage que pour d'éventuelles retouches à la robe de mariée, se tenait à l'écart de la fête. Ça n'avait pas empêché madame Lefebvre, femme simple et courtoise, de venir l'arracher à son coin pour la présenter à son club de bridge. C'est ainsi que Perfecta avait serré la main d'une cantatrice célèbre dont elle avait oublié le nom... ce qui ne l'empêchait pas d'être célèbre... de la femme du plus réputé chirurgien de l'institut d'oncologie, au dire de madame Lefebvre, d'une doyenne de faculté de... quelque chose à l'Université McGill et de madame Saint-Amant.

— Vous dire, mamozelle Tonine, si j'étais intimidée !
— De quoi ?
Elle sourit en coin et finit par conclure :
— Je n'ai jamais joué au bridge.
Puis elle se hâte d'ajouter :
— Mais je me tenais droite et essayais que ça paraisse pas trop.
Je suis sûre que ça ne paraissait pas du tout.

Ce qui l'avait frappée chez madame Saint-Amant, c'était son chapeau. Si élégant mais si débordant des quatre côtés qu'il lui faisait de l'ombre jusqu'au nez. Comment saisir le sens des paroles qui ne sortent pas des yeux ? Perfecta ne savait pas interpréter les questions en cascade qui passaient du... « quelle région d'Espagne ? » à « quel métier pratique le mari ? » à « quelles écoles fréquentent les enfants ? »... jusqu'au moment où elle sentit le bras de sa patronne lui entourer le cou, l'entendit déclarer sans ambages à madame Saint-Amant que son Espagnole avait confectionné seule et à la main la robe de la mariée.
— En plus des robes et chapeaux des filles d'honneur.
Perfecta avait rougi et s'était précipitée dans les cuisines.

Elle avait cru ne jamais revoir madame Saint-Amant. Pas plus que l'universitaire, la cantatrice ou la femme du célèbre cancérologue.

Mais c'était compter sans la belle-sœur.

Perfecta m'avait souvent parlé d'elle, une Lituanienne de bonne famille, instruite et extrêêêmement bien élevée. Et qui se donnait un mal fou pour transmettre à son unique fille la même qualité d'éducation qu'elle avait reçue de sa mère qui l'avait reçue de la sienne, qui l'avait reçue de la sienne du temps des Vikings. Arrivée aux Vikings, Perfecta m'interroge d'un œil, doutant soudain de la filiation d'une Lituanienne avec les Vikings. Je laisse passer.

... La belle-sœur, Perfecta, la belle-sœur.

La belle-sœur s'habillait comme un modèle.

— Extravagante ?

— Non, toujours tirée à quatre épingles, mamozelle Tonine.

La seule anomalie, c'est qu'elle tirait sur les quatre épingles autant dans sa cuisine, dans le jardin, qu'au salon. Un tablier empesé pour faire sauter une omelette, des gants de chevreau pour arroser les fleurs, vous trouvez pas que... Une tenue impeccable, je vous jure, une épouse et mère parfaites en tout.

Exaspérante.

— Pourtant, bonne comme du bon pain, qu'elle se hâte d'ajouter, la pauvre femme ferait pas mal à une mouche.

Je la vois sourire par en dedans avant d'enchaîner :

— Quoique je donnerais pas cher pour la vie de la mouche qui atterrirait chez elle.

Et nous accordons nos rires.

— Le lien entre la Lituanienne et madame Saint-Amant, Perfecta, la suite...

— J'y arrive. La belle-sœur est une fidèle cliente de l'avenue Laurier.

Bien sûr... j'aurais dû trouver ça toute seule.

— Des boutiques de vêtements chics.

Ça va de soi.

— La patronne y est pas toujours, mais un après-midi la belle-sœur l'a rencontrée.

Le nom espagnol avait rappelé quelque chose à madame Saint-Amant qui, de fil en aiguille... tiens ! la noce chez les Lefebvre. La robe de mariée avait fait sensation, de même que les chapeaux des demoiselles d'honneur. Madame Saint-Amant s'y connaissait et madame Saint-Amant avait apprécié. Existait-il par hasard un lien entre les deux familles espagnoles ?

— Je sais pas comment s'est sentie la belle-sœur à ce moment-là.

Je devine.

— Mais non, mamozelle Tonine, c'est une brave femme au fond.

... Au fond.

— En tout cas, elle a tout fait en son possible pour me pousser à dire oui.

Nous y voilà enfin.

— À dire oui à quoi, madame Perfecta ?

Elle prend une bonne respiration. Elle la prend même pour deux, car elle sent que j'ai besoin de souffle autant qu'elle.

Madame Saint-Amant lui offrait, tenez-vous bien, à elle, Perfecta, qui a appris la couture dans les usines de l'est de Montréal en commençant au bas de l'échelle dans les coutures droites... vous vous souvenez ?... lui offrait d'entrer à son service, à la tête de la section des chapeaux. Responsable d'une vingtaine d'ouvrières qualifiées, toutes sous ses ordres, dans des conditions de travail comme on n'a pas le droit d'en rêver, du neuf à cinq, quatre jours semaine, dans un atelier bien éclairé, bien aéré, astiqué et moderne, avec de fréquents allers-retours à Toronto, à New York à l'occasion, payée grassement pour un travail auquel elle s'adonnait pour son seul plaisir et dont elle rêvait depuis qu'elle était entrée dans le monde fascinant de la couture : la ligne des chapeaux.

Je la laisse reprendre son souffle puis, tandis que je reprends péniblement le mien, sortir tranquillement du drame qu'elle me raconte, quinze jours après l'avoir vécu, avec des larmes plein la voix.

Il ne manque à son récit que l'épilogue. Le prologue m'a annoncé qu'elle a choisi entre les chapeaux et les ménages, entre madame Saint-Amant et moi.

— Pourquoi ma maison, doña Perfecta ?

— Et vous, mamozelle Tonine, qu'auriez-vous fait à ma place ?

— Je ne suis pas à votre place.

— Qu'auriez-vous dit ?

— J'aurais dit que vous ne pouviez pas refuser une occasion pareille.

— C'est ce que je me suis dit.

— Et j'aurais compris. Je me serais fait une raison, en me répétant que votre vie vous appartient et que vous avez tous les droits de la vivre jusqu'au bout.

— Je me suis dit tout ça.

— ... Qu'il vient un temps où charité bien ordonnée commence par soi-même.

— Heu, heu ! C'était aussi l'argument de la belle-sœur, de la bru, même des filles. Tout le monde me poussait dans les chapeaux. Hormis...

— Le mari ?

— Non, lui ne s'en est pas mêlé, il m'a laissée décider tout seule.

Je garde l'œil à pic et l'oreille tendue. Et je donne ma langue au chat.

— Mon gendre, Federico.

Nous échangeons un regard complice. Federico le têtu, l'obstineux, le seul à dire blanc quand tous disent noir, Federico avait fait pencher la balance.

— Federico ? le gendre qui vous a toujours tenu tête ? C'est lui qui a eu raison contre tous ?

Elle rougit. De tous les membres de la famille, il est le seul qui ose lui renvoyer sa propre image. Et comme si elle s'en voulait de se voir dans un miroir étranger, de retrouver le fond caché de sa nature dans l'âme d'un Castillan, elle commence toujours par opposer une résistance farouche au dire de Federico, pour finir par reconnaître chez le gendre, plus que chez ses propres enfants, le sang de sa lignée qui y coule.

Je veux objecter qu'elle est à elle seule l'Espagne tout entière : la Castille, l'Aragon, la Catalogne, la Navarre, le Léon, la Galice, les Asturies... toute l'Espagne ! Elle sait danser la sardane, la jota, le flamenco, applaudir la corrida, manier le crochet, et tel un don Quichotte insatiable, faucher jusqu'au dernier moulin à vent.

Elle ne me laisse pas m'égarer dans ce genre d'élucubrations, et dans un sourire quelque peu gêné et pourtant finement dessiné :

— Faites-vous-en pas, mamozelle Tonine, soyez sûre que je regretterai jamais.

Suivi d'un superbe :

— Des chapeaux ! peuh !

... qu'elle accompagne de la mimique du plus total dédain pour l'opinion de ses filles, de sa bru, de sa belle-sœur tirée à quatre épingles. Tout ce monde qui rêvait pour elle d'une fin d'avenir stable, d'une promotion sociale pour récompenser tant d'années d'humbles travaux dans les maisons des autres, d'une revanche sur les cousines de Teruel promues dans le téléphone à Paris... tous ceux qui la voyaient déjà se promener dans les boutiques de Toronto, New York, pourquoi pas San Francisco, avaient d'excellentes raisons de se ranger dans le camp Saint-Amant.

— Et les arguments de Federico, doña Perfecta ?

— Les mêmes que les miens, les mêmes que tout le monde à la fin, hormis la belle-sœur.

Je retiens mon souffle.

— Vous êtes de la famille, mamozelle Tonine, et la famille vous aime bien.

J'attends que passe la bourrasque d'émotion, qu'elle reprenne tranquillement le contrôle et m'apporte le mot de la fin. Elle le dit, mais dans un murmure si bas que je dois tendre l'oreille et ouvrir grands les yeux.

— Le destin... on peut pas aller contre ça.

Je l'ai serrée dans mes bras sans pouvoir dire un mot.

Le lendemain, je commandais un poulailler à son gendre, le menuisier.

— À l'ombre des lilas, Federico, un poulailler digne de la poule aux œufs d'or.

17

— Un jour, quand je serai plus là, savez-vous à qui je manquerai le plus ?
Je ne sais pas vous répondre...
— Aux plantes et aux fleurs.
Je ne sais pas répondre parce que je n'ai pas entendu le reste de la phrase, rien que le « quand je serai plus là ». Vous, plus là ? Mais vous aviez déjà refusé les chapeaux et le rêve que vous faisait miroiter madame Saint-Amant.
— Que les plantes dorment tranquilles, vous serez toujours là.
— Hé !
Mais aucun hé ! ne peut m'effrayer désormais ni me distraire de mon idée fixe : le temps est immuable. Que les démons se le tiennent pour dit.
Et les démons, sans remuer la poussière, sont tous rentrés dans leur trou. Nous pouvions continuer à embobiner le fil à tisser de l'immortalité.
Je montais à mon attique, vous nourrissiez les plantes, les fleurs, la poule et les oiseaux. Les colombes nous répondaient de ne pas nous inquiéter, que la beau temps avait eu raison de l'une des pires saisons de mémoire d'homme. Allons ! reprenons notre respir, Perfecta !
Mais en voulant vous ajuster au mien, le vôtre a un raté.

Je vous vois vous asseoir sur la première marche de l'escalier. Ça va pas ? Si, si, ça va. Un léger étourdissement, c'est rien.

— Vous couvez quelque chose ?

Vous couviez un pressentiment.

Vous avez beau m'opposer mille démentis, vous redresser, chercher à me rassurer avec des « faudra faire ceci, faudra s'occuper de ça », je vois votre pupille droite se rétrécir et poursuivre une image fuyante, insaisissable et pourtant bien réelle. À qui pensez-vous ? Votre père est mort depuis plusieurs années, bien avant que je vous rencontre ; Jaïmé n'est pas malheureux là-bas, dans la maison paternelle transformée en atelier de bricoles ; Diego se lamente comme toujours, mais se porte le mieux du monde ; votre Écossaise de Westmount qui ne manque vraiment de rien... manque de tout, c'est-à-dire du bonheur d'être en vie. Je sais comme vous qu'il n'y a pas plus grand malheur que de manger sans appétit, boire sans soif, vivre sans en avoir envie. Mais le mal de l'Écossaise est incurable, vous ne nourrissez aucun espoir d'en venir à bout.

Alors ?

— Faudra bientôt songer à nettoyer le garage, mamozelle Tonine. Si vous étiez de mon dire...

Elle essaye de se distraire. À coups d'efforts surhumains. Elle est prête à tout imaginer, un bazar, une garden-party, une vente de garage... pourquoi pas ? il y a tant de traîneries dans la cave et les quatre placards du grenier, on pourrait...

La sonnerie du téléphone fait éclater son rêve en mille miettes. Je décroche. Mais elle se tient droite, derrière moi, le bras tendu. Elle sait que cet appel est pour elle, que je vais lui passer le récepteur et qu'elle en aura le cœur net.

Voilà comment Perfecta apprend la mort tragique du petit Lefebvre.

— Sa mère s'en remettra jamais, mamozelle Tonine.

... Dix ans, pensez donc ! toute sa vie devant lui, un garçon gentil, juste un petit brin espiègle sur les bords, mais pas méchant. Il aimait jouer des tours, faire des taquineries. On aurait dit qu'il n'était pas comme les autres enfants de son âge, pas même comme les autres de la famille. Au mariage de sa sœur, il avait mis sa veste à l'envers, par exprès, parce que la cérémonie était trop longue et trop solennelle à son goût.

— Je crois, mamozelle Tonine, qu'il n'aurait pas bien grandi dans son monde. Il était fait pour autre chose.

Je la vois soudain se durcir :
— Mais pas pour cette chose-là.

Elle pleure. Pour la première fois depuis l'enterrement, elle se laisse aller. Seule avec moi. Vous n'avez plus à jouer votre rôle de consolatrice, Perfecta, passez-le-moi.

... Il aurait pu ne pas accompagner sa famille dans le nord, son père lui avait offert un voyage à New York chez sa sœur. Mais c'était le long congé du 24 mai, la fête de Dollard... ou de la reine Victoria, c'est selon... et ça tombe avec la saison des têtards dans les ruisseaux. Il aimait la nuit entendre leurs huit-huit-huit et les voir le lendemain s'étirer les pattes pour devenir grenouilles. Un enfant proche de la nature et des bêtes. Comme Jaïmé.

... Il aurait pu de même suivre son père qui allait pêcher la perchaude deux lacs plus loin. On lui avait offert une canne à pêche toute neuve à son dernier anniversaire... Vous entendez, mamozelle Tonine ?...

son dernier anniversaire à dix ans ! Mais il préférait voir sauter librement les truites dans les ruisseaux que de les attraper au bout de sa ligne, la gueule déchirée par l'hameçon. Il a dit à son père que... je ne sais plus... et son père n'a pas insisté.

... Il aurait pu insister, le juge Lefebvre, comprendre qu'un enfant de son âge marche tout le temps sur le fin bord des précipices, ne fait pas attention où il pose les pieds, où il passe le cou, où il... il aurait dû deviner que la vie d'un enfant, c'est si fragile... Tout tient à un fil, à un fil, mamozelle Tonine. Mais le père est parti seul à la pêche. Et la mère est montée à l'étage débarrasser les placards de leur fatras d'hiver. Et les autres sont allés à droite et à gauche, laissant le petit à ses rêves d'avenir pour des têtards qui aspirent à se faire grenouilles.

... Il aurait pu se contenter des grenouilles et ne pas penser qu'il lui fallait en plus nourrir les écureuils et défendre les nids des tourterelles et suivre son nez qui sentait la fumée. Un filet de fumée blanche qui sortait des arbres... et les arbres en cette saison... c'est les nids, et les bourgeons, et les premières feuilles, et la survie pour des années à venir des petites bêtes des bois. Les petites bêtes, ses amies. Il doit y aller.

Elle ne peut plus continuer son récit. Je dois avec elle et l'enfant sauter la clôture de lices qui encercle le boisé, filer entre les arbres jusqu'à la grange abandonnée qui fume déjà, y pénétrer sans réfléchir, enjamber les herses, les pioches et autres ferrailles rouillées entassées dans l'aire, à la recherche de la nichée.

Il n'a eu aucune chance de s'arracher à temps des griffes de la moissonneuse-batteuse stationnée dans la grange et où s'était accrochée sa culotte. Quand les hommes ont accouru des chalets voisins, ils l'ont trouvé à demi calciné dans les cendres de la grange, les mains serrant des petits cadavres d'animaux.

Après quelques semaines, Perfecta peut revenir sur les funérailles de l'enfant Lefebvre... Il s'appelait Ludovic, mamozelle Tonine, un nom un peu lourd à porter pour un enfant de son âge, vous trouvez pas ? Mais lui aimait son nom, il me disait souvent qu'avec un nom de même, on se fait remarquer. Bien sûr, on se fait remarquer, on attire l'attention... l'attention de la Faucheuse surtout, la moissonneuse-batteuse qui a entendu les cris de sa mère affolée devant la fumée blanche qui montait des broussailles, et qui n'a pas lâché prise sur les mollets de l'enfant.

... Il aurait pu aller à New York, là le nom de Ludovic n'aurait attiré l'attention de personne ; il aurait pu accompagner son père à la pêche dans le silence des lacs où l'on s'appelle à voix basse ; il aurait pu se contenter des huit-huit-huit des têtards, sans prêter l'oreille aux écureuils, lièvres et petits animaux des bois... il aurait pu, comme Jaïmé, comme elle, Perfecta, résister à l'appel.

Elle lève la tête, puis l'abaisse aussitôt. Combien de temps peut-on résister ? Et combien de fois ?

18

Combien de fois, les jours suivants, vois-je sa main se poser sur son cœur, cherchant à protéger le souvenir du petit Ludovic niché là, entre celui de sa mère, de son père... Puis je note que c'est sa main gauche, posée non sur le cœur, mais sur le sein droit. Je suis son œil qui a suivi le mien jusqu'à sa poitrine, et pour la première fois je remarque l'anomalie.

— Votre sein droit, Perfecta...

Mais elle ne me laisse pas poursuivre sur cette pente. C'est une histoire ancienne, du temps de la guerre civile. Plus d'inquiétude après un demi-siècle, trop d'années ont coulé sous les ponts.

— Vous voyez bien, je suis encore en vie.

N'empêche qu'elle porte la main à son sein.

— Vieille habitude. Simple coquetterie. J'aime pas qu'on me voie difforme.

Ça ne se voyait pas, pas avant aujourd'hui, pas avant qu'elle ne se mette en tête que ça se voyait. Mais au juste, que s'était-il passé ?

C'était du temps qu'elle nourrissait son fils, le garçon tant désiré, tant promis à son père. Elle avait tenu parole, garçon promis, garçon livré. Avait-elle eu le cœur plus grand que le ventre ? Un ventre que durant neuf mois elle serrait chaque soir de ses deux bras pour l'empêcher de crier. C'était du temps de la poule qui tenait elle aussi sa promesse, mais ne pouvait pas livrer plus que son œuf par jour. Pourtant ça n'allait durer que neuf mois, neuf petits mois de vingt-huit jours, vingt-huit nuits avant de se libérer du petit corps avide qui lui dévorait l'œuf avant que sa mère n'ait eu le temps de s'en faire du sang. Du sang, du sang qui s'est mis à lui échapper par tous les orifices : saignements de nez, de gorge, de vagin. Cet enfant était-il enfin en train de se diluer en une mare de sang qui coulait pour son pays avant même qu'il y ait posé les pieds ? Il fallait arrêter ça ! Si son fils devait un jour verser son sang pour la patrie, que ce soit à l'âge de chausser des bottes et s'enfoncer la tête sous un casque d'acier. Et elle s'en fut d'un pas décidé chez sa poule.

L'eau lui dégoulinait de la bouche. Un bouillon de poule. Une poule en broche. Poule rôtie, poule bouillie, poule au pot, poule sautée entre des rognures de pelures de patates revenues dans l'huile... La poule ne la regardait même pas. Elle savait. Elle avait tenu son bout du pacte, à Perfecta de tenir le sien. Et puis, elle serait bien avancée avec sa poule au pot ! En l'étirant des deux pattes et de chaque plume, elle ne pouvait jamais la faire durer plus de quatre ou cinq jours. C'est peu sur neuf mois. Et après, il resterait à le nourrir, ce marmot.

C'est en le nourrissant précisément que les choses se sont gâtées. Gâtées, le mot est juste.

— Le sein droit tarit, soudain.

Et le gauche n'arrivait pas à satisfaire à lui seul un enfant affamé. Alors il s'acharnait sur le sein vide, rétréci, de plus en plus flasque. Chaque succion ne lui aspirait que le sang de l'âme.

— Je regardais avec envie la chatte du voisin qui nourrissait six chatons avec ses huit mamelles. La nature était injuste.

Puis elle prit peur le jour où l'enfant s'était mis à crier de dégoût autant que de faim. S'il devait se mêler du pus à son lait ? Pour sauver l'enfant de la famine, fallait-il risquer de l'empoisonner ? Car Perfecta ne pouvait continuer à se faire des accroires : le sein était infecté.

Elle se tourne vers moi pour répondre à mon interrogation tacite. Oui, elle a consulté la sage-femme qui lui a donné un onguent. En désespoir de cause, elle s'est rendue à pied au village voisin et a sonné chez le docteur.

— Il était trop tard.

— Clinique fermée ?

— Trop tard pour sauver mon sein. Fallait l'amputer.

Elle a remercié le docteur et s'en fut. Pas question. Elle n'avait pas vingt ans. Fallait donner leur chance aux autres enfants qui viendraient : elle pouvait déjà les compter, les reconnaître, quasiment les appeler par leurs noms. Un seul sein pour les nourrir tous, l'un après l'autre ? Et si celui-là venait aussi à manquer ?

Quand la poule la vit approcher en plein jour, elle comprit que cette fois la femme venait discuter, de mère à mère, prendre conseil auprès d'une nourricière. Mais celle-là nourrissait aux grains, non à la mamelle, la femme devait consulter ailleurs. Ailleurs ? Les cousines ? La belle-mère ? Les lavandières du ruisseau de Teruel ?

Son visage s'anime comme un soleil qui soudain perce les nuages si chargés un instant plus tôt d'un épais crachin.

— Il restait la gitane, mamozelle Tonine, celle qui m'avait taillé ma robe de mariée dans une *bandera*.

Amputer le corps ? qu'elle a dit, mais c'est l'âme qui est malade.

Et la gitane s'est mise à chanter et à bercer la tête de Perfecta tout en lui enfonçant dans le sein une aiguille qui fit éclater l'abcès. Elle regardait couler ce filet jaune et visqueux, son propre lait qu'elle avait cru tari mais qui gisait là sous une épaisse couche de caillots.

À ce moment-là, Perfecta déboutonne son chemisier et me découvre son sein droit déformé, le mamelon légèrement enfoncé, biscornu. Elle n'est pas peu fière de me dire qu'avec ce sein-là, réchappé par la science et la prescience d'une gitane, par l'amour d'une gitane, elle a nourri quatre enfants tous éclatants de santé.

Son fils avait survécu au lait caillé de sa mère, elle-même avait sauvé son intégrité pour les jours et les nuits à venir, car la guerre, la sale guerre finirait bien par lui rendre son homme qui s'attendait à retrouver sa femme comme il l'avait laissée.

— Il m'avait laissée avec tous mes membres, toutes mes dents, tous mes cheveux, mes yeux noirs perçants et mes seins bien à pic.

Elle éclate d'un rire sonore.

— J'avais demandé à la gitane de me le sauver le temps que je nourrissais mes enfants, après je renoncerais. Pensez-vous ! Quand Diego est rentré, et que la vie a repris, et que le bonheur s'est de nouveau accoutumé à notre foyer... j'ai dépromis toutes les promesses que j'avais faites à la Vierge et à tous les saints du ciel. Faut croire que le ciel est pas trop susceptible, parce que regardez, mamozelle Tonine, il a beau être estropié et difforme, il est encore là et sert toujours.

Puis ravalant son rire comme un fruit défendu :

— Escousez-moi, mais...

— ... On est en confiance, doña Perfecta.

19

— Notre camping est pas loin, mamozelle Tonine, au pied du mont Saint-Hilaire. Pourquoi vous viendriez pas manger avec nous autres un dimanche midi ?

Pourquoi pas ? J'étais exceptionnellement à Montréal, en ces premiers jours de juillet, pendant que les menuisiers-plâtriers-peintres s'acharnaient sur mon phare du pays des côtes pour lui rendre sa beauté d'origine. Depuis le temps que je désirais connaître ce camping à la ceinture de Montréal où ma famille d'Espagnols venait chaque dimanche brasser ses petites affaires sous prétexte de prendre une bouffée d'air pur de la campagne !

— Et comment trouver votre camping entre les trente-six nichés au creux de la vallée, madame Perfecta ?

Elle comprend que je viendrai. Et aussitôt je la vois sortir un sac de provisions, le défroisser du plat de la main, s'emparer d'un crayon de plomb et entreprendre de redessiner la carte du pays. Au début, j'accroche mes yeux à la pointe du crayon qui quitte ma rue, prend à gauche, encore une gauche, une droite vers Côte-Sainte-Catherine, s'engouffre en ville en plein trafic, zigzague, bifurque, puis va aborder le pont Jacques-Cartier, quand son crayon s'arrête, comme s'il avait entendu la sirène d'une patrouille.

— Qu'est-ce que je fais là ! Je devrais pourtant savoir que vous pouvez vous démêler dans Montréal sans carte.

Et elle replonge de plus belle dans son dessin.

— Partons de la sortie du pont, qu'elle fait.

Je me penche et plisse les yeux devant cet imbroglio de lignes à la Bernard Buffet ou à la Carzou, au point d'oublier que l'artiste est en train de me tracer la route qui éventuellement doit me conduire à son camping. Et j'entends :

— C'est simple, vous pouvez pas vous tromper. En sortant du pont Jacques-Cartier... ou peut-être préférez-vous le tunnel Hippolyte-Lafontaine ?

— Ça m'est égal, proposez.

Elle réfléchit.

— Le pont. Route de Québec.

En dix ans, j'ai pris cent fois la route de Québec, mais je me laisse bercer par le chant de mon guide qui m'emmène promener par les chemins de campagne à une vingtaine de kilomètres de Montréal.

— Ne ratez pas la sortie qui vient juste après Marie-Victorin, après Longueuil, si vous préférez ; vous verrez un mausolée moderne, un crématorium, comme on dit bizarrement, passez tout droit.

... Sans faute.

— Vous faites environ trois ou quatre milles... non, kilomètres... je ne suis pas sûre, comptez à peu près, suivez la 20 jusqu'à dépasser le mont Saint-Hilaire.

— Je le dépasse ?

— Pas pour longtemps, et puis vous reviendrez sur vos pas...

— Heu, heu...

— À environ un demi-mille plus loin, faut prendre le croche qui entre dans les terres. Deux gauches de suite et une droite. Et là, faut rester sur la petite route qui va toujours tout droit, tout droit, pas la quitter avant d'apercevoir – ça se voit de loin, on peut pas la rater – une grosse grange grise abandonnée qui domine un ruisseau qui longera la route à votre droite sur une distance d'à peu près... oh ! à peu près le temps de le dire et vous êtes rendue.

Après, il me faudra demander le camp des Espagnols, prendre l'allée centrale jusqu'au quatorzième rang, ne pas oublier de les compter. Puis, au quatorzième, virer à gauche, non... à droite si l'on vient de l'entrée sud, puis...

— Informez-vous. Vous pouvez pas vous tromper, vous pouvez pas.

Hélas ! oui, j'ai pu. Je n'aurais même pas pu ne pas me tromper. Et me tromper trois fois : au premier coude dans les terres qui formait un U complet, à la grange abandonnée totalement rafistolée et peinte en rouge, au ruisseau qui longe la route non pas à droite mais à gauche, Perfecta, pour aboutir enfin dans un ancien champ de blé d'Inde converti en camping pour immigrants.

— Mamozelle Tonine ! par ici, mamozelle Tonine ! J'étais rendue.

Et je vous ai vue, Perfecta, droite, souriante, entourée de tout votre monde sous l'auvent d'une tente qui se laissait gonfler par un vent doux de juillet, et je savais que ce jour-là, j'entrais chez vous. Plus de balai, d'époussette, de linge à vaisselle, plus de devanteau, mais un tablier blanc bordé de dentelle en point de Bruges.

— À la *mesa*, à table !

Une table dressée à l'entrée de la tente, assez longue pour la famille agrandie jusqu'aux beaux-parents des gendres et cousins du côté de la bru, jusqu'à... tenons-nous bien ! les cousines de Villar Quemado près de Teruel ! Pas possible, les diablesses ne vous lâchaient pas, Perfecta !

— Venez faire connaissance avec les cousines, mamozelle Tonine.

Pendant que l'une après l'autre, elles me serrent la main en articulant leur curieux baragouin parisien à la sauce castillane, je ne peux détacher les yeux de leurs chaussoures à semelles de cordes qui envahissent sans vergogne le territoire de Perfecta. Mais leur cousine d'Amérique, depuis l'incident des douanes, a vu s'émousser, en même temps que leur orgueil, son ressentiment. Perfecta suit mes yeux qui mesurent leurs souliers plats, leurs échasses raides et disgracieuses, leurs hanches prises dans une taille en tuyau de poêle, leurs visages aussi fermés que le sien est ouvert et heureux.

— À table, à table, dernier appel !

Et Perfecta se tape dans les mains en départageant son monde, celui-là au soleil, celle-là à l'ombre, comme à la corrida.

— Une assiette chaude pour mamozelle Tonine.

La durée d'un dimanche après-midi, j'ai pu m'éloigner dans le temps, sauter de vastes espaces, happée par une Europe méridionale flottant dans les odeurs d'huile d'olive, d'ail frit et de sardines grillées. J'ai dû goûter à tout, en prendre un peu, goûter à nouveau, en reprendre beaucoup, des bouchées doubles et triples de tortillas, de pulpos, de chorizos, suivis d'entrées de pois chiches, de poisson frit...

— Hé ! là-bas ! vous pourriez pas attendre pour frire vos sardines qu'on ait fini de manger notre tiramisu ?

La Sicilienne encore ! la grosse voisine sous l'auvent des Italiens dont la tente jouxte celle des Espagnols.

— Mais elle, avec ses pâtes à l'ail, est-ce qu'elle se gêne ?

Perfecta doit empoigner des deux mains un pan de chemise de son gendre Federico qui a déjà une jambe par-dessus le cordon qui délimite les territoires.

De grâce, pas de chicane de clôture devant la visite, calmez-vous. Et elle sourit à l'Italie qui profite de l'attention du plus proche voisinage pour se lancer dans une vigoureuse tarentelle. Aussitôt la tente des Corses saute dans la farandole, qui attire leurs voisins dans la gavotte, qui entraîne une sarabande, qui se mêle à la gigue que vient brouiller la mazurka des Polonais.

Mes yeux circulent d'une tente à l'autre et réveillent mes pieds qui tapent sous la table où Perfecta vient de déposer la paella.

— À la valencienne, qu'elle n'eût pas annoncé avec plus de fierté devant Louis XIV.

Et mon assiette s'enfaîte, déborde de riz safrané où ma fourchette, aux rythmes de la gavotte et de la tarentelle, part allègrement à la pêche des caracoles, calamars, gambas, conchitas, almejas, olives, piments verts, piments jaunes, piments rouges, rien de trop bon pour mamozelle Tonine... et viva la jota !... le tout couronné de trois crevettes tigrées géantes qui se tiennent par la queue.

Je ne songe qu'à humer le parfum de la Méditerranée et de l'Europe centrale qui m'a rattrapée jusque dans un terrain de camping à vingt kilomètres de Montréal. Et je laisse mon nez lutter avec mes yeux, avec mes oreilles, avec mes jambes qui frémissent sous le chant d'une zarzuela que les gendres, fils et cousins entonnent spontanément à l'autre bout de la fête, en plein soleil.

Perfecta ce jour-là ne rappellera à personne qu'on ne chante pas à table, envahie elle-même par la joie qui fuse de partout, y compris de mes yeux qui l'encouragent à céder à son tour, à taper des mains et des pieds, à glisser tout entière dans la folie de la fête... sans jamais perdre un instant sa dignité de première dame du camping des immigrants.

Soudain je la vois s'arrêter, s'éloigner de Diego, se détacher de la jota, s'éponger le cou et s'approcher de moi. Je m'empresse.

— Ce n'est rien, vous en faites pas... la chaleur, la danse, un léger étourdissement... Faut pas vous occuper de moi... allez... trop de calamars et de fritures. Mais elle est pâle et se tient le ventre.

Pour me rassurer, vous vous êtes mise à chanter. Pour moi seule, vous avez chanté.

Je le sais aujourd'hui que c'était pour moi, car nous nous trouvions alors isolées toutes deux, à l'écart d'une fête qui tournait à la kermesse et que nous pouvions contempler, vous avec nostalgie, moi avec émerveillement. Je n'avais pas encore atteint l'âge où l'on éprouve, même au cœur du plus pur bonheur, la morsure de la nostalgie.

Vous avez chanté :

Si a tu ventana llega una paloma
Tratala con carino que es mi persona.

Et ma voix a enchaîné :

Si à ta fenêtre se pose une colombe
Reçois-la avec tendresse, parce que c'est moi.

— J'ai eu une belle vie, mamozelle Tonine.

— Pas toujours facile, mais aujourd'hui, on peut dire que vous êtes récompensée. Je regarde tout ce monde qui vous entoure...

— J'ai tant voulu leur épargner le pire.

— C'était quoi le pire, pour vous ?

— Non... je saurais pas dire. Rien n'est inutile. Les pires moments, aujourd'hui me paraissent avoir été nécessaires.

— Nécessaire la faim qui ronge les tripes ? la peur de perdre un enfant, un homme ? la rage contre

125

la belle-mère marâtre et les vilaines cousines de Teruel ?...

— Tut-tut !... Vous voyez pas comme tout tourne bien, mamozelle Tonine ? J'ai presque honte de voir le ciel se mettre tout d'un coup de mon bord.

Et jetant un œil du côté de la danse :

— Regardez-les, les pauvres cousines, personne ne les invite à danser. Faudrait bien que j'avertisse Federico de faire un petit effort.

— Prenez bien garde. Cinquante ans plus tard, c'est pas trop tôt pour les faire payer.

— Cinquante ans depuis le ruisseau de Teruel ! Le croiriez-vous ? Deux pays, une famille grandie, qui s'allonge, s'étire, se débrouille sans déranger personne, une troisième génération qui n'a pas perdu sa langue, ça parle espagnol avec l'accent de Teruel, comme si tout ce monde avait vu le jour là-bas... c'est pas croyable ! Si mon père et ma mère pouvaient les entendre et les voir !

Elle étouffe un hoquet, puis :

— Je voudrais leur laisser...

— Taisez-vous, Perfecta ! vous n'avez fait que trois quarts de votre temps.

Vous ne m'avez pas entendue, mais continuiez votre « je voudrais leur laisser ceci, et ça, et ça... » Je n'écoutais plus. J'ai horreur des testaments précoces. Alors vous m'avez effleuré la main de la vôtre, sans pression ; nos regards de même se sont à peine touchés. Pour la première fois de ma vie, j'ai senti que la douceur aussi, et la tendresse, pouvait faire mal. Vous l'avez deviné. Et je vous ai vue d'un bond vous dresser et crier à Diego :

— ¡ *Hombre* ! ¡ *el cognac* !

L'état de grâce était passé, comme dans votre troisième du boulevard Saint-Laurent, dix-sept ans plus tôt, autour d'un thé et de trois petits pains de maïs.

126

Elle se lève, trinque, puis se rassied sur son trône de reine, au centre du camp des Espagnols qu'encerclent les tentes des Italiens, Polonais, Portugais, Grecs, Libanais, Turcs... tous les clans d'immigrants qui en pleine Amérique poursuivent toujours le rêve américain. Je contemple cette femme que je vois chaque semaine débarquer dans le domicile des autres par la porte de service et qui le dimanche, sous l'auvent d'une tente flottant au vent, trône, imperturbable et sereine, sur une tribu plus vaste et plus digne que les premières familles d'Outremont. Elle me regarde la regarder et sourit. Eh oui ! chez moi, elle est la domestique ; chez elle, l'épouse de son homme et la mère de ses enfants ; sous la tente, elle est souveraine.

Je rentre en ville par le plus sûr chemin, en attrapant la queue de la procession des voitures grecques, portugaises, polonaises, tchèques, italiennes, espagnoles ou sud-américaines qui quittent le camping chaque dimanche soir pour retrouver Montréal et sa banlieue. À mon grand étonnement, je n'aperçois au retour ni grange rafistolée, ni ruisseau s'entortillant autour d'une route à multiples coudes de quatre-vingt-dix degrés, mais suis un long cortège qui me semble filer toujours tout droit jusqu'à mon devant de porte d'Outremont.

Et je m'endors, la tête dans les étoiles et le cœur bercé par le chant des toréadors, me demandant si la bretelle du mont Saint-Hilaire débouche réellement sur l'autoroute 20, et si le camping de madame Perfecta existe vraiment.

20

J'avais hâte de rentrer de mon pays des côtes. Tout raconter à Perfecta. Un phare flambant neuf. C'est-à-dire raccommodé pour lui donner l'allure du bon vieil antique. Ça lui ferait plaisir d'apprendre que...

Je n'ai eu le temps de rien lui apprendre du tout avant d'apprendre moi-même qu'on venait de lui diagnostiquer un cancer, de l'hospitaliser et qu'on se préparait à l'opérer.

Je vous avais laissée au camping sur un air de jota, baignant dans les odeurs de friture et de kermesse, souveraine dans votre fauteuil de paille tressée sous l'auvent de la tente des Espagnols. Vous étiez la vie, Perfecta, la vie du dimanche, de l'été, du temps qui nous est alloué pour le narguer avec nos rêves d'immortalité.

L'immortalité ! Vous aviez tant de fois déjoué les pièges de la Faucheuse que j'étais en droit de vous imaginer hors de sa portée. Vous aviez su passer entre ses balles, ses éclats d'obus, ses disettes, ses choléras, et voilà qu'elle vous attendait en plein soleil, à la saison des moissons, dans le pays où vous étiez venue chercher la paix.

Vous n'êtes pas encore passée par la salle d'opération que déjà vous organisez ma vie.

— Dolorès, mamozelle Tonine, Dolorès vous fera une bonne femme de ménage. En attendant.

En attendant quoi ? Un cancer à l'intestin et vous comptez vous en tirer ? Et puis je ne veux pas d'une Dolorès, son Espagne n'est pas la vôtre. Vous cherchez à me faire comprendre que ma maison a besoin d'une Dolorès. Et moi je vous réponds que ma maison n'a rien à dire. Une femme de ménage, pour moi, c'est autre chose qu'une balayeuse-épousseteuse-repasseuse-laveuse de vaisselle, autre chose qu'une gardienne nourricière des plantes et des oiseaux, autre chose que...

— Quoi ? Que lui demandez-vous à la fin à votre femme de ménage ?

Pas de réponse à ça, Perfecta. Je n'ai aucun droit d'exiger davantage, je le sais, et pourtant je donnerais ma maison en échange d'un intestin tout neuf pour vous.

— Vous me parlez comme si ma vie était en danger. Mamozelle Tonine, on va me couper une laize de tripe, pas grand-chose, il m'en restera amplement pour digérer le restant de mon temps.

Elle s'arrête. Son temps, c'est combien ? Mais voyons, elle a traversé pire. Elle va leur dire, aux chirurgiens, de couper juste ce qu'il faut, de bien recoudre les deux bouts, de faire de la bonne ouvrage, de la bonne ouvrage, qu'elle répète, qu'elle peut leur montrer à faire des coutures solides qui ne se défaufileront pas de sitôt, allez !

J'écoute, les yeux ronds, prête à la croire, buvant comme du petit lait ses phrases plus longues que d'accoutume. Une fesse sur le bord de son lit, je scrute ses joues encore fermes, roses, pleines, que plisse un sourire si courageux que j'en suis honteuse. Comment ai-je pu céder si vite à la panique ?

Mais en croisant dans les couloirs un contingent d'infirmières qui emportent avec un égal détachement leurs médicaments aux rescapés comme aux mourants, en lorgnant de loin les hommes en blanc penchés sur leurs dossiers qui mesurent à l'aune ou pèsent à la livre la vie de tant de Perfecta, je sombre dans le désespoir.

— Une chance sur combien, docteur ?

— Qu'importe, la seule qui compte, c'est la bonne.

— Mais elle, madame Perfecta, que demain vous ouvrirez, dont vous allez entailler les tripes... combien ?

— Demain vous saurez, peut-être ; elle saura, sûrement.

Et je comprends que le chirurgien sait à qui il a affaire. S'il ne le sait pas, je dois le lui dire... mais il n'écoute plus. L'Espagnole, comme la vieille Gaspésienne, comme le poète beauceron, comme l'enfant transporté d'urgence de la Côte-Nord, tous nourrissaient des chairs indésirables qui ont proliféré en cachette dans le cou, sur une jambe, dans l'estomac, au beau milieu de la grosse tripe. Et l'homme en blanc demain se vêtira en vert et défiera la nature, le Créateur du ciel et de la terre, la Faucheuse qui se mêle du destin de tout un chacun.

Trois médecins ont hoché la tête. Tous avaient vu pire, mais aucun n'avait vu mieux. Paroles d'experts.

— Expliquez-moi.

Le cas de l'Espagnole n'est pas le plus désespéré qu'ils eurent à combattre, mais c'est le plus rare.

— Expliquez toujours.

Une tumeur réelle, maligne, mal située, mais soumise, résignée, qui avait l'air de dire au scalpel : va, coupe, fauche, je ne suis pas de taille, l'âme est plus forte que moi.

— Elle a des chances, votre tête dure.

— La bonne ?

— La meilleure.

Je laisse venir Dolorès... en attendant.

Elle n'a pas hésité à troquer sa Juive contre moi. Je lui en suis si reconnaissante que j'en oublie sa manie de la balayeuse dans les escaliers et sa rage contre les tapis. Heureusement, pas de tapis sur les marches de mes escaliers ni de moquettes en laines nouées dans mon salon ; Dolorès doit se rabattre sur la poussière qui s'envole de son plein gré à la seule approche du chiffon imprégné d'huile de citron. Et la maison, surprise, grimace sous les odeurs inaccoutumées et le choc des casseroles contre le zinc de l'évier. Puis un matin, je crois à la rébellion. Les plantes crachent leurs boutons naissants, les lierres grimpent de travers, par en bas, de côté, s'entremêlent comme des enragées, les tuiles de mon jardin d'hiver, jonchées de feuilles jaunies, m'implorent de faire quelque chose pour sauver le patrimoine de Perfecta. Et j'entends ses paroles récentes :

« ... Quand je ne serai plus là, qui me regrettera le plus ? »

... Non, Perfecta, pas les plantes, non !

Mais vous m'avez bien fait comprendre que ce n'est que pour un temps. À mon tour de transmettre le message aux azalées, bégonias, gardénias, géraniums et grimpantes. Et d'user de patience avec Dolorès. En attendant, je remplacerai les verres écorchés, les poêlons cobis, la cafetière...

— Dolorès, comment cette cafetière a-t-elle pu se trouver sur le plancher de cuisine ?

— Hé ! *no lo sé*. Elle s'a jetée en bas du comptoir, la rebelle. Une cafetière, quand ça bout, ça bouge.

Et je raccourcis la laisse électrique de la cafetière, sans répondre à son bourreau qui s'en prend déjà au grille-pain.

— Regardez-moi ce toasteur qui vous fait revoler le pain plus pâle que le dedans de ma main. Comment ça ose s'appeler toasteur si ça sait même pas toaster ?

Et elle empoigne l'appareil, le secoue comme un enfant indiscipliné, règle la température au maximum et lui enfonce dans sa double gueule deux tranches de pain blanc comme un drap. Vous n'en sortirez que grillées au goût de Dolorès, mes pâlottes. Les pauvres ne sont délivrées que sous le hurlement du détecteur de fumée du hall qui fait dégringoler la coupable de l'escalier.

Pendant ce temps, Perfecta coule une convalescence paisible dans son duplex de Ville d'Anjou, son tout nouveau domicile, plus douillet, plus aéré, plus spacieux, alors qu'elle n'a pas besoin de tant d'espace et de confort après que les enfants, les uns après les autres, sont partis se marier ou se caser ailleurs.

— Mais, doña Perfecta, c'est pour vous cette maison, c'est à votre tour de vous étirer bras et jambes, corps et âme.

— Arrêtez, mamozelle Tonine, on m'a assez étiré la peau comme ça. Et puis avec ce qu'on m'a coupé, mon corps a pas besoin de tant d'espace.

Et son rire rassurant m'entraîne sur le terrain mouvant que je n'ai encore osé aborder. Pourtant, je sais que le vocabulaire de Perfecta ne connaît pas d'interdits. Un chat est un chat. Les maladies ont leur nom, leurs traitements aussi. Mais ne méritent pas qu'on s'y attarde plus que de raison. La vie, pour combattre ses ennemis, doit savoir les nommer, mais pas les inviter à table. Qu'on passe à autre chose.

— Comment va Dolorès, mamozelle Tonine ?
— Ne devions-nous pas passer à autre chose ?
Elle glousse. Puis se ressaisit. Dolorès... Dolorès
n'irait pas jusqu'à me malmener ? Elle n'a pas eu grand
temps pour la préparer à mes habitudes et ma menta-
lité, l'initier à mon monde qui loge là-haut sous les
poutres de mon attique, lui expliquer le vrai sens du
mot attique, qui n'est pas le grenier où l'on engrange
le grain, mais la caverne d'Ali Baba, de l'homme de
« Cro mignon », des êtres possibles qui n'attendent que
ma plume pour sortir de leurs limbes. Elle n'a eu le
temps de rien lui dire, à Dolorès, sinon que les robinets de la douche s'ouvrent à l'envers et se ferment à
l'endroit, que la balayeuse automatique est rangée dans
le placard de la lingerie et non dans l'armoire à balais, que le toasteur... mais on l'avait roulée jusqu'à la
salle d'opération avant la fin de ses recommandations
par téléphone à Dolorès qui dut apprendre à ses
dépens, ou aux dépens des toasts, les caprices du
toasteur.
... Vous inquiétez pas, doña Perfecta, Dolorès en
est venue à bout. Ni un grille-pain ni des robinets de
douche n'auront la peau d'une femme qui a su tenir
tête à la fois à l'armada des rabbins et à celle d'Isabelle la Catholique.

— Quand je serai tout à fait remise, ça va pas
tarder, je reprendrai une seule maison.
Elle en a déjà prévenu les Lefebvre, sans les laisser
au dépourvu toutefois.
— Vous leur avez envoyé quelqu'un ?
— Heu, heu...
— J'ai hérité de Dolorès... en attendant. Et les
Lefebvre ?

133

Elle s'assure d'abord que ma mémoire n'a pas flanché, fouille mes yeux jusqu'à la rétine, puis laisse tomber comme un torchon usé :

— La Madrilène.

— Pas celle des coutures droites, madame Perfecta ?

— Heu, heu... Elle qui a si longtemps rêvé de haute couture, faut lui donner sa chance de rencontrer madame Saint-Amant.

Elle sourit sans me regarder et ajoute :

— On sait jamais.

Ah si ! Perfecta, on sait toujours. Vous, surtout, savez que la Madrilène va se cogner aux chapeaux multiformes de la dame Saint-Amant et que...

— C'est pas grave, mamozelle Tonine, dans les chapeaux, toutes les coutures sont rondes.

Je prends plaisir à la joie équivoque d'une femme qui a fait provision dans sa vie d'assez de bonté pour se permettre une fois, une toute petite fois, de goûter du bout des lèvres à la volupté de la rancune. Il me reste assez de mémoire moi-même pour partager sa satisfaction.

— Et l'Écossaise de Westmount ?

— Pour l'instant, elle a besoin de personne. Avec un chauffeur, un jardinier, une cuisinière, un valet, un coiffeur, deux jeunes épousseteuses...

— Et vous, que faisiez-vous là ?

Elle cherche la vraie réponse qui ne vient pas. Je me charge de la lui fournir :

— Elle avait besoin de Perfecta, non pas d'une femme de ménage.

Comme moi.

— Bien vite, je serai assez forte pour revenir, mamozelle Tonine. Chaque jour, je me remplume.

Et je comprends que la Faucheuse n'est pas de taille. Pas encore.

La Faucheuse. J'imagine le genre de conciliabule chuchoté entre vous. Un pacte ? Une entente à l'amiable ? Non, un bras de fer où vous lui lanciez : Prends bien garde de devancer mon heure d'une fraction de seconde, j'ai besoin de chaque parcelle de mon temps. Le temps vous est précieux, je le sens. J'entends le battement du cœur qui répète : mission non accomplie. Quelle mission, Perfecta ? Vos enfants sont tous élevés, casés, chacun jusqu'à la benjamine citoyenne canadienne de plein droit a trouvé sa place au pays. Je les vois s'épanouir comme des boutures transplantées avec tant de soin ! Et don Diego...

Celui-là dépend de vous de plus en plus, c'est vrai. Les années qui s'écoulent sur tous également semblent laisser des traces plus profondes sur certains fronts que sur d'autres. La maladie de sa femme a ébranlé le peu de foi en la vie qui lui restait depuis la mort de sa mère, depuis la guerre civile, depuis une enfance trop à l'étroit dans la coquille maternelle. Mais je ne peux croire que votre vie s'accroche à cet objectif, l'un des deux doit partir en premier. Vous l'aimez, il vous aime, pour le meilleur et pour le pire, jusqu'à ce que mort s'ensuive. Mais chacun sait que mort s'ensuivra tôt ou tard. Votre acharnement à reprendre vie, opposant un démenti si éloquent à tous les pronostics, diagnostics, études et analyses... les plus grands spécialistes se grattent la tête en voyant refleurir une chair qu'ils ont condamnée... Votre obstination à survivre dépasse les liens affectifs ou les nœuds familiaux.

Il y a autre chose.
Vous êtes revenue pour me le dire. Mais quand ?
— Je reviens, mamozelle Tonine, le docteur m'a donné congé et carte blanche.
Je suis sa carte la plus blanche. Exit Dolorès.

Mais Dolorès ne l'entend pas de cette oreille, attention ! Elle achève de transporter ses pénates chez moi, à la demande même de Perfecta, de s'inféoder à ma maison, de m'ajuster à ses habitudes, de modifier mon horaire, chambarder mon rythme de travail, corriger, bouleverser, révolutionner...
— J'y suis, j'y reste.
Je suis atterrée. Les arguments de Dolorès ne sont pas sans fondement. De son plein gré elle a quitté sa Juive, mais sur promesse d'une maison de même taille, d'une patronne aussi malléable... de toute façon, tout employeur doit par contrat tacite reconnaître les droits de l'employé, c'est-à-dire les droits de Dolorès qui se les attribue tous. Pas tout à fait tous, non. Elle me réserve celui de la contredire, pourvu que je lui cède le dernier mot ; de lui donner des ordres, pourvu qu'elle garde le droit de les prendre ou de les laisser. Les laisser, plus souvent qu'autrement.

Et pourtant, à mon insu, presque à mon corps défendant, je la découvre chaque jour en train de grimper les dernières marches qui conduisent à mon attique, s'incruster dans les murs, lier conversation avec mes héros et héroïnes que j'arrache de peine et de misère à leurs limbes. Dolorès, après quelques mois, commence déjà sa transmutation en personnage de fiction, quitte sa cuisine pour pénétrer dans mon imaginaire et me séduire. Je ne cesse d'établir le parallèle entre elle et Perfecta, entre elle et elle-même.

Une double Dolorès dans un unique bloc de granit : la raide, rigide, solide, calleuse, endurcie par la solitude qu'elle s'impose comme une morale inflexible ; et la vulnérable, l'inassouvie qui porte son cœur en écharpe et son âme à découvert. Mais les deux Dolorès, vingt Dolorès ne font pas le poids devant Perfecta. Je ne m'arrête même pas à peser les mérites ou les droits de chacune. Et je laisse à Perfecta la charge de reprendre la place forte où s'est barricadée Dolorès. De ma position privilégiée, j'ai une vue imprenable du champ de bataille.

— Je reviens, Dolorès.

— Tu m'as laissé la place, elle est à moi.

— C'était en attendant. Je t'avais prévenue.

— Prévenue de quoi, que tu t'en sortirais ? On peut pas prévoir ça.

— Moi si, je pouvais.

— J'ai quitté ma Juive.

— En disant « bon débarras », avoue-le. Mais elle t'a pas remplacée et t'attend.

— Elle peut attendre la semaine des quatre jeudis quand la lune aura des dents pour la mordre.

— Sois raisonnable, Dolorès, tu sais bien que mamozelle Tonine...

— ... que ta demoiselle Tonine te préfère à moi, comme tout le monde. Tout le monde a toujours préféré tout le monde à Dolorès. C'est pour ça que Dolorès a commencé jeune à se battre contre tout le monde.

Je vois Perfecta s'attendrir, et je crains un instant de la voir faiblir. Il est peut-être temps que j'intervienne. Non, pas encore, Perfecta n'a pas épuisé toutes ses munitions. Elle se met à faire valoir à l'adversaire le droit du premier occupant, du défricheur, du colonisateur qui a découvert puis cultivé un territoire conquis à la force de ses bras. Et je peux moi-même passer en revue toute ma vie commune avec Perfecta qui non seulement a contribué à rescaper ma maison du naufrage, mais l'a ensuite rafistolée et remise à flot. Tant de souvenirs nous unissent qu'il est impossible à une tête même aussi endurcie que celle de Dolorès de ne pas comprendre.

— Vous croyez tous que je comprends rien, que j'ai la tête trop dure pour ça. La tête, peut-être ben. Mais le cœur ? Personne a jamais pensé que je pouvais avoir autre chose qu'un caillou sous la chemise ?

Je vois Perfecta se détourner de Dolorès et baisser les yeux, comme si elle avait honte soudain. Elle doit revenir chez moi, cette décision lui est vitale, mais lui faut-il pour ça marcher sur le cœur de quelqu'un ? Je l'entends marmonner son monologue intérieur comme du temps qu'elle suppliait sa poule de pondre son œuf quotidien. À mon tour d'avoir honte de laisser durer un tel combat entre deux femmes qui ne demandent, chacune, que le droit de vivre son destin jusqu'au bout. Je dois comprendre que l'enjeu me dépasse. L'une comme l'autre ont besoin de se trouver une raison d'être.

Dolorès qui l'a cherchée toute sa vie semble au bord de lever le rideau qui lui bouche l'horizon depuis que sa propre famille l'a traitée en mouton noir.

— Mouton noir, vraiment, Dolorès ?

— En vache à lait.

— C'est tout à fait autre chose.

— Je servais à envoyer là-bas mes fins de mois.

Puis dans une splendide grimace de vierge offensée :

— La tante d'Amérique !

Je ne peux retenir mon hoquet de rire. Elle ne réussit pas davantage à retenir le sien. Rire réparateur.

L'autre nature de Dolorès refait lentement surface, repoussant sa paranoïa.

—Jamais je n'ai tant ri, qu'elle m'avoue.

Pourtant si peu. Mais assez pour entendre le son de sa propre voix dans un gloussement qui la force à se mesurer à elle-même.

—Je suis tannée de m'aviser dans les yeux de ceux-là.

— Qui sont ceux-là ?

J'apprends, une phrase à la fois, que le monde entier la regarde de travers, ou l'exploite, ou veut sa peau. Malgré tous ses efforts. Pas des efforts de séduction, ce serait trop demander, la simple tentative de se faire accepter dans sa dolorèsitude. C'est son mot. Et elle en rit un bon coup. Avec moi.

— Et puis, croyez-le ou pas, depuis qu'ils savent là-bas que j'ai quitté ma Juive et le Canadien Pacifique, et que me v'là rendue...

Je n'ai pas le temps de me rengorger, que j'entends :

— ... à remplacer Perfecta...

Je comprends. Dans le cercle des commères d'autobus, Perfecta fait école. Et Dolorès est sûre de triompher enfin de tous : camarades, patrons, famille, la société à la ronde... par la seule affirmation : Je passe à la maison de Perfecta.

Vous m'entendez là-haut, Perfecta ?... ne protestez pas. Chez moi, la palme d'or, c'était vous. Mais dans ce duel Perfecta-Dolorès, vous seule connaissiez vos vraies raisons de combattre. Vous teniez à moi, comme je tenais à vous. Mais était-ce suffisant pour justifier votre acharnement sur le mouton noir qui commençait tout juste à se blanchir aux yeux de tous ? Vous qu'on ne pouvait soupçonner du moindre accroc à la générosité, vous ne comptiez pas céder votre droit acquis. J'aurais eu tous les motifs de pavoiser, si ce n'est que mon propre démon intérieur me soufflait une vérité encore cachée. Petit à petit, j'allais apprendre que votre retour à la maison, votre retour à la santé, votre victoire sur la science et la Faucheuse prenaient source dans un défi que vous vous lanciez à vous-même, celui de votre propre raison d'être.

Contrairement à Dolorès, vous n'aviez rien à prouver à personne, toute votre vie était une preuve en soi. Mais vous aviez une histoire à raconter, une mémoire à transmettre. J'étais l'oreille.

Exit Dolorès.

Et Dolorès finit par céder. Je la vois s'approcher de vous doucement, s'asseoir sur la causeuse à votre côté, puis écouter jusqu'au bout votre plaidoyer en faveur de l'Écossaise.

Plaidoyer que vous concluez triomphalement :

— Il y a des misères plus grandes que la tienne ou la mienne, Dolorès.

Dolorès comprend qu'il lui faudrait désormais s'attaquer à son plus gros morceau. Après Côte-des-Neiges et Outremont, Westmount. Elle se lève de la causeuse, vient me dire quelques mots de remerciement à peine articulés et demande à Perfecta le numéro de téléphone de l'Écossaise.

— Attendez, qu'elle se rengorge, que je leur mette sous les yeux en Espagne ce qu'est une maison de Westmount !... Du marbre rose !

22

Perfecta peut revenir chez moi, rassérénée. La bourrasque est passée, le calme revenu, la grosse tripe raccommodée. Son passage à l'hôpital n'est plus qu'un mauvais souvenir.

— Est-ce que j'ai vraiment été malade, mamozelle Tonine ? C'est drôle, jamais je me suis sentie aussi vigoureuse. Allons, faut songer à prévenir les ramoneurs, les premières outardes vont ben vite faire leur apparition.

Pendant des mois, je la regarde se démener dans les escaliers, et je cherche des deux bras à la ralentir. Mais comment retenir l'élan de celle qui refait surface après avoir coulé pour la deuxième fois ? Rien à faire, elle va revivre. Elle a toutes les raisons de reprendre vie.

Et aux premières outardes, elle m'annonce :

— *El hombre* m'a promis le cadeau de mon choix si je sortais guérie de l'hôpital.

— Et vous avez choisi ?

— Un voyage en Espagne.

— Ah !... Et c'est pour quand ?

— À l'été.

Saviez-vous, Perfecta, que c'était votre dernier voyage ? Moi si, je l'ai su dès que je vous ai entendue me le rapporter. Le ton n'est pas le même pour raconter l'Espagne ou pour lui dire adieu. Un mois pour refaire le voyage à rebours, jusqu'au nid paternel, jusqu'à la petite enfance qui caressait des rêves démesurés. En vous écoutant, j'ai compris soudain ma vraie place dans votre vie, la raison d'être de nos destins entrecroisés. Aviez-vous conscience comme moi que notre rencontre n'était pas fortuite ?

J'écoute. Vous êtes revenue pleine de paroles. Je commande à mes oreilles de tout prendre, ne rien laisser au hasard, surtout ne pas faire le tri. J'aurai toute ma vie pour départager le bon grain de l'ivraie. Quelle ivraie ? Vous-même ne vous y attardez pas. Vous avez ramassé durant un mois quarante ans d'Espagne, glanant le pire et le meilleur, puis vous êtes rentrée les déposer dans ma mémoire. Oui, Perfecta, c'est à ma mémoire que vous vous adressiez. De plus en plus. Vous n'aviez pas pour rien survécu à une tumeur maligne au plus creux des entrailles.

J'écoute. J'écoute. J'écoute.

La petite enfance de Perfecta, dans un autre pays, sur un autre continent, rejoignait étrangement la mienne. Dans l'innocence, tous les enfants se retrouvent. Elle rêvait. De quelques brindilles elle composait son jardin, de trois cailloux elle édifiait un château, pendant que je construisais sur mes côtes mes propres châteaux en Espagne. Elle se souvient de ses cris de joie à sa mère : je sais toute seule boucler mes bottines comme une grande. Chaque petite baie cueillie dans le sous-bois, chaque fraise sauvage, chaque pommette ou grappe de cerises lui mettait à la bouche la source de toutes les gourmandises qu'une vie ne suffirait pas à rassasier. Elle galopait comme un poulain, voltigeait de fleur en fleur comme un papillon, se glissait comme un chat sous la broussaille pour y surprendre les mulots en guerre avec les rats des champs. Et elle chantait. Elle se souvient de la voix de sa mère.

— J'ouvrais toute grande la bouche pour atteindre avec elle la note qui tombait de la cloche de la petite église de Villar Quemado.

Sa mère y parvenait à tout coup, tandis que l'enfant Perfecta sentait sa gorge se fêler sous l'effort et se fondre en sanglots. Elle en voulait au clocher, à l'Église, à Dieu qui tous lui refusaient le bonheur si simple d'harmoniser sa petite personne avec la vie du monde.

— Je crois, mamozelle Tonine, que je pleurais de peur autant que de rage.

Un obus viendrait fracasser la cloche quelque dix ans plus tard.

— L'église de Villar Quemado a perdu son clocher ?

— Non, mais sa cloche est fêlée et sonne faux.

L'école de même était en ruine : celle où elle avait appris à lire, écrire, compter, réciter les rivières et les montagnes, les villes et les provinces, dessiner la carte de Castille et d'Aragon.

La carte de l'Espagne.

Son Espagne aux visages multiples.

— Quand je pense, qu'elle me dit, que cette terre espagnole, l'une des plus anciennes d'Europe, des plus riches et glorieuses, je l'ai vue de mon vivant laisser se pourrir ses propres racines. J'étais sûre que c'était sa fin. J'avais eu tort d'y croire, de la croire immortelle, une dernière guerre fratricide en avait eu raison. Je ne pouvais pas assister plus longtemps à l'agonie de mon pays. Il fallait partir, aller transplanter quelque part le souvenir que j'en gardais.

Va-t-elle enfin se vider l'âme ? Et je risque le tout pour le tout :

— Êtes-vous allée fleurir une tombe, doña Perfecta ?

— Si fait.

J'attends. Elle soupèse mon anxiété, me sourit d'une seule joue : mauvais signe.

— Pas de difficultés à trouver le vieux cimetière à l'ombre du clocher. Mais la tombe... le foin a tout envahi. Ça fait rien, j'ai fini par débroussailler. Elle s'appelait Carmen.

— Votre mère ?

— La gitane.

Ah !...

— Sans doute la dernière à entrer dans le vieux cimetière de Villar Quemado, abandonné depuis. Carmen de Granada : 1886-1976. Ça ne vous frappe pas, mamozelle Tonine ?

— Qu'elle porte le nom de...

— Qu'elle décide d'entrer en terre sitôt après la mort de Franco, comme si elle avait juré de l'enterrer !

Naître avec Alphonse XIII, mourir avec Franco. Les gitans savent organiser leur vie, que je me dis.

— J'aurais voulu qu'elle m'attende. Ça lui aurait fait seulement cent ans, pour une gitane, c'est rien. Après tout, si elle a pu en vivre quatre-vingt-dix...

— Heu, heu...

— J'avais encore des choses à lui dire.

— Vous l'aviez revue, lors de votre précédent voyage ?

— Oui. Et j'étais loin de me douter que c'était la dernière fois. Pourtant j'aurais dû penser que... Mais les gitans n'ont pas d'âge, mamozelle Tonine. Ça meurt au berceau, ou ça enjambe les siècles. Tout l'un, tout l'autre. Race d'immortels.

Et je la vois rentrer en elle-même tout en gardant ses yeux plongés dans les miens, l'air de me dire que la porte de son âme est ouverte. Je peux venir.

Elle a débroussaillé la dalle funéraire jusqu'à la dernière tige de mauvaise herbe, épousseté les quinze lettres et huit chiffres gravés dans la pierre, chassé les araignées qui tissaient leur toile autour du R.I.P. et averti la défunte que dorénavant il lui faudrait confier l'entretien de sa tombe à quelque gitan de sa descendance parce qu'elle, Perfecta, allait rentrer dans son pays dès le lendemain.

— Dans ton pays ? que fit Carmen de l'Au-delà.

— Je vis là-bas désormais, tu le sais bien.

— Bien sûr que je le sais. Y a rien que je ne sais pas. D'où je suis, je vois ta vie comme un grand tableau, Perfecta.

— Tu vois mon homme, mes cinq enfants, les six petits qui sont venus grossir la famille, les maisons où je travaille, mamozelle Tonine...

— Je vois une vie houleuse sous une mer tranquille.

— Une vie pas si mal, malgré tout ?

— Une vie qui te ressemble, petite effarouchée.

— Qui n'a pas fait trop de mal autour, pas dérangé trop de monde ?

— Tu réparais à mesure tes propres dégâts, va ! À tout prendre, tu sors quitte.

— Et une vie... assez longue ?

— N'as-tu pas soixante-six ans ?

— Je veux dire encore longue... devant ?

— Ton sein droit a bien guéri, y a passé trente ans, ça t'a plus jamais inquiétée ?

145

— Plus jamais le sein, non. L'an dernier, j'ai quand même eu un petit dérangement au ventre. Mais le ventre...

— Le ventre, c'est le centre de la vie : qui la donne, qui la reprend.

— Qui n'a pas pris la mienne. Je m'en suis sortie, tu le sais, aussi fraîche qu'une rose. Encore un coup, j'ai fait niaiser les docteurs.

— Pour la deuxième fois, mon enfant. Laisse-les pas te condamner encore un coup.

À ce moment-là, Perfecta s'arrache à sa vision et nous sommes sorties ensemble du cimetière, elle et moi, sans dire un mot. Nous avons enjambé les touffes de trèfles, les chardons, les gueules-de-loup, fait grincer la grille rouillée, et nous sommes rentrées au pays, à Ville d'Anjou, à Outremont.

Vous saviez, Perfecta, que j'attendais la réponse à ma première question : étiez-vous allée fleurir une autre tombe là-bas ?

— Ma mère n'a pas eu de tombe, mamozelle Tonine.

Et moi, je n'ai pas eu le cœur de vous en demander davantage ce jour-là.

23

Vous n'auriez pas eu besoin de vous donner tant de mal, prendre toutes ces précautions pour m'apprendre la nouvelle. Le dialogue du cimetière avec votre gitane avait suffi à préparer mon âme. Je ne vous dirai pas que j'avais deviné, non, pas saisi sur le coup, mais chacune de vos paroles, en tombant au creux de ma poitrine, s'y était nichée, avait germé durant toute une nuit et, au matin, m'avait réveillée comme un gong. Vous étiez condamnée pour la troisième fois.

Alors je vous ai vue vous débattre. Non pas pour votre vie, cette cause était perdue, mais pour la finir en beauté. Et la première tâche qui vous incombait : le passage. Comment partir sans heurter l'entourage, bouleverser la vie des autres ? Comment le dire ?

Je vous entends graduer l'annonce doucement.

— Je suis un peu fatiguée aujourd'hui, mamozelle Tonine.

— Oui, madame Perfecta, reposez-vous.

...

— Je me sens pas trop forte.

— Oui, madame Perfecta.

...

—Je crains d'être un peu malade.

—Oui, madame Perfecta.

...

—Je suis très malade, mamozelle Tonine.

—Je sais, doña Perfecta, je sais.

Et vous êtes retournée à l'hôpital.

Sans que nous ayons eu à nommer le mal, nous avons continué à l'entourer, chacune de notre côté, de mille précautions, de tous les menus soins susceptibles de l'apprivoiser et le garder en laisse. Il ne fallait surtout pas entrebâiller la porte de sortie. Et comme si tout le monde s'était passé le mot, don Diego, la famille, les amis, les copines, l'autobus tout entier continuait son bonhomme de chemin en faisant mine de rien.

Mine de quoi ?

Personne n'était dupe. Chacun avait appris le verdict du cancérologue. Le miracle ne se répéterait pas. Le sursis avait duré un an. C'était ça de pris. Pour la médecine, une demi-victoire ; pour les proches, une demi-défaite ; pour moi...

Pour moi le combat commençait.

Vous ne me rendiez pas la tâche facile à tant vouloir me rassurer. Le toit ne coulera plus, les bardeaux de remplacement sont complètement étanches ; ne pas oublier de prévenir Julien-les-gouttières de nous débarrasser des feuilles mortes avant la première neige ; rentrer les plantes dans le jardin d'hiver, surtout le petit oranger qui ne tiendrait pas le coup jusqu'en octobre ; penser aux douillettes et aux édredons de saison...

—Je sais, je sais, madame Perfecta...

—J'ai pensé à Carmen, mamozelle Tonine.

— Quoi ! ?

Le cimetière abandonné de Villar Quemado surgit devant moi.

— Carmen vous fera une très bonne femme de ménage, encore mieux que Dolorès.

Ah !... cette Carmen-là, la copine d'autobus.

— Je peux m'arranger, madame Perfecta, vous inquiétez pas pour moi.

Sourire sans équivoque. Si quelqu'un sait comment je peux m'arranger... Et pour distraire mon chagrin, elle me parle de mes omelettes. Puis de mes œufs au miroir. Puis de mes confitures aux groseilles.

— Vous n'allez pas revenir sur mon riz aux asperges, quand même !

— Tiens, tiens ! y a longtemps que vous l'avez pas tenté, celui-là, faudrait vous y remettre. Allez ! je vous envoie Carmen.

— Et le Canadien Pacifique ?

— Ça se voit que vous connaissez pas la Galicienne.

Je vais bientôt la connaître. Mais petit à petit. Sans bruit, sans fracas. Autant Dolorès effrayait chaque brique et chaque planche de ma maison qui tremblait à son approche, autant Carmen sait pénétrer chez moi avec la brise qui remue à peine les rideaux. Elle tourne la clef dans la porte, traverse le hall, ouvre l'armoire à balais, actionne laveuse et sécheuse, range la literie et la vaisselle sans réussir à m'arracher à ma première préoccupation : où en est rendu le mal ?

Et je déverse ma peine dans le cœur sans fond de Carmen. Ensemble, nous mesurons la progression de l'ennemi, en nous promenant de l'hôpital à la maison de Ville d'Anjou, à l'hôpital. Nous harcelons les médecins, les infirmières, la famille, cherchons à soulager sans y parvenir.

Peut-être que si. Carmen y parvient, il me semble. La preuve, c'est qu'avec la Carmen vivante vous poursuivez le dialogue commencé avec l'autre dans le cimetière abandonné de Villar Quemado. Deux versants d'une même vie. Et vous dans tout ça, à quelle distance vous tenez-vous de l'une à l'autre ? Sur quel pied danse Perfecta entre les deux Carmen ? Quand je m'approche par-derrière pour entendre sa profession de foi...

— N'oublie pas d'arroser et de nourrir les plantes, Carmen, et de chasser sans te gêner les pigeons maraudeurs du nid des colombes. Laisse surtout pas les carouges ou les geais bleus s'emparer de la place, ni les écureuils manger les graines que tu lances aux oisillons du printemps...

Telle est la profession de foi en la vie de celle qui en fait son dernier bilan.

Un jour où je me trouve seule à son chevet, à écouter son souffle irrégulier même dans le sommeil, je sens sa main prendre la mienne et la poser sur son ventre. Il est dur et gonflé. Elle ouvre les yeux et cherche les miens.

— La gitane me l'avait bien dit que tout commençait... et finissait... là.

— Oui. Le ventre est le centre du monde.

— Ça vient et repart...

Lentement, elle déroule le drap qui la couvre.

— On m'a mis un sac, mamozelle Tonine.

Elle eût dit sur le même ton : on n'a pas changé ma couche. Le ton du nourrisson qui boude.

Son regard est si intense qu'il m'a happée, emportée en amont, traînée dans ces lointaines origines qui se confondent aux miennes. Nous avons dépassé l'Amérique et l'Espagne, franchi une barrière pourtant infranchissable. Je la laisse m'accrocher à la queue de la comète qui pénètre par un nombril rabougri jusqu'au siège de son existence, un si court passage entre deux infinis.

Elle cherche à se souvenir du premier, à pressentir le second. Ensemble nous parcourons, de l'intérieur, à l'envers de sa peau, une vie qui palpite encore, encore... et qui bientôt se volatilisera. J'appréhende l'instant où je me retournerai pour parler d'elle...

D'un geste elle m'arrache à ma fixation.

— Regardez, mamozelle Tonine, on m'a refait un nouveau nombril.

Elle a voulu éviter le nom trop cru de son nouvel orifice. Pudeur qui ne l'empêche pas toutefois de le découvrir pour me montrer... Elle ne se doute pas qu'elle va m'en montrer plus qu'elle n'espérait. Dans le sac flotte une toute petite crotte, peut-être sa dernière, ronde et minuscule comme un œuf de colombe, dorée comme un soleil éclaboussé sur la cheminée de sa maison de Villar Quemado. Ses yeux s'arrondissent, puis implorent les miens.

— Escousez-moi, mamozelle Tonine, mais...

— ... Mais, doña Perfecta, est-ce qu'on n'est plus en confiance ?

Elle a la force de retrouver son rire de cristal, à peine fêlé. Et nous pouvons parler de la confiture à la citrouille que m'a promise Carmen.

— Dites-lui, mamozelle Tonine, de pas trop ajouter de sucre. Assez de clous de girofle, et la citrouille se passe de sucre... Mais qu'est-ce que j'entends ?

— La voix de Dolorès, madame Perfecta.

Et Dolorès pousse la porte qui n'a pas l'idée de résister, franchit le seuil, puis s'écarte pour laisser passer une femme au torse raide et long, à la mâchoire proéminente, aux yeux vairons légèrement éloignés l'un de l'autre. Et je crois entendre un chef de protocole décliner le nom de l'Écossaise de Westmount. Puis Dolorès me tire par la manche pour m'éloigner de la scène. Aujourd'hui on doit laisser toute la place à sa nouvelle patronne.

La pauvre Écossaise tourne la tête à droite et à gauche, cherche où poser les yeux pour éviter ceux de Perfecta. J'entends le combat intérieur de cette femme confrontée à la pire incompréhension : la vie se meurt. C'est injuste. Perfecta est l'âme qui a éveillé les murs de la maison de marbre rose. Une vivante parmi les morts. Et elle va se taire, s'éteindre... *Unfair... unfair...*
De l'autre côté, j'entends ricaner la Faucheuse. Pas vénale pour un sou, celle-là, pas achetable par tout le vieil argent de Westmount. Rien ne peut plus sauver Perfecta qui seule a réussi à brasser de vieux restes stagnants au fond de l'âme de l'Écossaise.
Puis Perfecta se met à lui parler, comme à l'enfant qui va mourir. Est-ce le début d'un délire ? Se trompe-t-elle de cible ? La condamnée, c'est pourtant elle, Perfecta.
Je m'arrache à la poigne de Dolorès et je tends l'oreille. Il me faut comprendre. Perfecta me fait signe d'approcher et nous présente l'une à l'autre. Pour la première fois elle parle de sa mort imminente, et de la nôtre. Non pas qu'elle cherche à nous y entraîner, tel un noyé qui s'agrippe et attire tout avec lui au fond de l'eau. Elle n'est pas la désespérée, mais la visionnaire qui sait déjà. Elle lève avec une douceur infinie le voile du mystère qu'elle a commencé à percer. Sa part de temps achève, la nôtre est largement entamée. Elle a les mêmes mots de réconfort pour l'héritière qui n'a jamais imaginé que le temps, ou la fortune,

viendrait à manquer, que pour moi qui n'en connais que trop, hélas ! la nature éphémère.

Vous nous dites, Perfecta, à l'Écossaise et à moi, à Dolorès aussi qui, en bon archange saint Michel, garde la porte de son épée de feu, que vous retournez tout simplement vers les étoiles, que vous avez de la chance d'aller en premier choisir la vôtre, mais de ne pas nous en faire, que l'infini en compte des milliards, l'une pour chacun des héritiers du monde.

À ce moment-là, je croise sans le chercher le regard de l'Écossaise, et je crois voir ses yeux écartés se rapprocher, le temps de capter l'éclair qui passe entre nous. Elle, moi, Perfecta, Dolorès... toutes héritières à part égale de la vie qui vient et s'en va ? Puis ses yeux s'écartent et retournent à Perfecta qui a su faire fructifier sa part de temps au point de faire pâlir les plus grosses fortunes de Westmount.

Dolorès vient marmonner un gargouillis d'adieu à Perfecta, puis me broie la main dans les siennes qu'elle cherche désespérément à calmer. Elle empoigne le bras de la vieille demoiselle écossaise qui n'oppose aucune résistance et se laisse entraîner hors de la chambre comme si elle n'y était jamais entrée.

— Vous en faites pas, mamozelle Tonine, elle aussi finira par trouver son étoile, une bonne nuit.

Quel bouchon de liège m'engotte, Perfecta ? Je me suis juré de ne pas me laisser aller, pas devant vous. Et voilà que tout mon être converge vers ma gorge, que le goulot se resserre, que l'âme se liquéfie et sort à flots par le nez, par les yeux, coule sur les joues et le menton, tombe sur vos draps comme une giboulée inattendue de mars. Je hurle, saisissant pour la première fois le sens du mot « horler » de mon enfance,

« horler », qui pleure infiniment plus fort que brailler, sangloter, pleurnicher, fondre en larmes ou hurler au ciel que la vie est injuste. *Unfair, yes¡ ma'am, unfair !* C'est l'Écossaise qui a raison.

Avez-vous décidé à ce moment-là que le temps était venu de me raconter le reste ? Tant de fois vous m'aviez laissée sur ma faim. Après tout, ne vous avais-je pas confié, avec la maison, le gouvernail du navire qui nous menait depuis plus de quinze ans d'Espagne à Montréal, de votre enfance à la mienne, de vos années de profondes misères à vos rêves transplantés dans ma cour et mon jardin ?

Mais la journée a été rude, et j'entends votre souffle qui de plus en plus sonne comme un râle. Il est donc trop tard ? Perfecta... Madame Perfecta...

La famille arrive en courant, de la maison, des bureaux, des usines, des écoles... Ne partez pas, mademoiselle Tonine, vous êtes des nôtres, des siens... Peut-on encore la réanimer ?

La médecine ne peut plus rien pour Perfecta. Mais elle, Perfecta, peut-elle encore quelque chose pour Perfecta ?

24

Fausse agonie de deux jours. Puis elle chasse la Faucheuse, sans ménagement. Elle l'a assez prévenue de ne pas se montrer avant l'heure. On n'entre pas comme ça chez les gens sans cogner. Attendez au moins que la maison soit prête.

Elle l'a construite planche par planche, sa maison, durant soixante-six ans, vingt-sept en terre étrangère, dans un pays avec un assez long avenir pour garder intacte une mémoire qu'elle refuse de voir s'éteindre avec elle.

La mémoire de sa mère.

Je l'ai tant attendue, cette histoire, Perfecta, que j'ai fini par ne plus y croire, je dirais même par ne plus la désirer. Je ne demande au ciel qu'un peu de vie pour vous, c'est votre histoire que je transforme déjà en mémoire, aucune vie ne peut dépasser la vôtre, je ne demande rien de plus que vous ne demandez vous-même.

Vous me répondez d'une chiquenaude, façon de me dire que vous êtes toujours à la barre et que c'est à vous de décider, pas à moi, et que votre résolution est ferme. Votre histoire ne sera complète qu'avec le chapitre de votre mère. Ce n'est pas à prendre ou à laisser.

— Asseyez-vous, mamozelle Tonine.

Je roule le fauteuil jusqu'à votre lit. Et vous me faites signe de la tête que je n'ai plus qu'à écouter.

Sa mère, qu'on disait la plus belle femme de son village, faisait mentir tous les proverbes : quoique jolie, elle ne portait pas sa dot au front, mais au cœur ; elle ne battait le fer que tant qu'il était froid ; toute belle qu'elle fût, elle n'avait pas mauvaise tête ; et elle savait tout embrasser et pourtant bien étreindre. Enjouée, amusante, caressante, elle ne laissait cependant personne lui marcher sur les pieds. Ni sur les siens, ni sur ceux de ses proches. Et dans un si petit village, on est tous assez proches les uns des autres.

Peut-être trop proche. Comme le soleil, la beauté éclaire, 'mais projette aussi des ombres sur les murs opaques. Des ombres qui s'allongeaient de plus en plus sur le passage de Pepita.

— Elle s'appelait Josefa de son nom de baptême, mais pour les siens, la parenté, les amis, les voisins, c'était Pepita.

Et Pepita poursuivait sa route qui la menait de la maison au ruisseau, chargée de son panier de linge et de literie ; du jardin au marché, où elle s'en allait vendre et acheter ; du nord au sud, de l'est à l'ouest de son pueblo de Villar Quemado, blotti entre les collines et les bosquets, figeant les oiseaux, les lièvres et les enfants qui s'arrêtaient en plein élan pour l'entendre chanter.

En naissant, Perfecta avait entendu sa mère chanter.

— Une voix cuivrée, mamozelle Tonine. Personne ne savait chanter comme elle.

Pepita jeune fille, Pepita jeune femme, épouse et mère, berçait le monde avec sa voix. Et le monde ne s'en portait que mieux. Comme si la musique allait finir par endormir le mal et panser les plaies. Mais aucune gorge n'est assez puissante pour enterrer le bruit des canons.

Et Perfecta se tait, le temps de laisser passer l'ange et d'avaler un souvenir épais et gluant enrobé d'un flux de sécrétion.

— Reposez-vous, madame Perfecta, prenez votre temps.

Son temps ? Mais non, elle n'est plus en mesure de le prendre, le gaspiller, l'étirer, il lui est désormais compté à l'heure, au mieux à la journée. Et elle plonge de nouveau ses prunelles dans mon âme pour s'assurer que je ne laisserai aucun mot se perdre. Le plus clair de sa mémoire doit pénétrer la mienne, par osmose si nécessaire, mais quelqu'un doit connaître le drame de sa mère qui est la tragédie de toute l'Espagne.

Pepita, insouciante et grave, simple et fière, à la fois ombre et lumière, perpétuellement jeune et pourtant trois fois millénaire, c'était l'Espagne. Mais une épée était venue trancher dans le gras du pays. Et la terre, héritière de tant de gloires passées, saignait à gros bouillons par toutes ses plaies.

C'était en 1936. Les deux camps s'affrontaient avec une rage dont le pays ne s'était pas cru capable, perçant un abcès gonflé d'un pus accumulé depuis des décennies, des siècles, depuis que l'Espagne avait perdu les Flandres, les Amériques, les Armadas invincibles et terrifiantes.

Mais une Pepita, comme sa fille Perfecta, comme tant de braves enfants d'Espagne, ne cherchait plus à fourbir l'or des cathédrales et des palais, ni à chanter les gloires des dynasties éteintes, mais à cultiver leur jardin, fourbir leurs ustensiles de cuisine et chanter la vie. Ils voulaient vivre, sans oublier d'où ils venaient, mais sans renoncer à se rendre ailleurs, plus loin, vers un avenir si chargé de promesses.

Voilà le pays que chantait Pepita en 1936. Et puis sa voix, un vilain jour, fut dominée par le sifflement des balles et le grondement des canons. Allait-on laisser faire ça ? Laisser l'ange de la mort chevaucher la vie en plein jour pour la mener au charnier ? Non, jamais. Et Pepita s'était mise à chanter plus fort, chanter à tue-tête, chanter des chansons drôles, des chansons gaies, des chansons à boire et à danser. La vie ne devait pas lâcher prise ni faire semblant qu'elle cédait la place, il fallait résister.

La résistance de Pepita n'avait pas d'abord choisi son camp autre que celui de la paix. Mais bientôt le pays tout entier était envahi, sur sa droite et sur sa gauche, par les uns et les autres. Peu importe où l'on regardait, on voyait flamber les églises et les écoles, tomber les vieillards et les enfants. Le sol tant de fois millénaire était pourri. Il fallait s'engager, crier sa résistance.

Un jour que la phalange de Franco avait mis à sac un village républicain voisin du sien, Pepita était accourue, fouillant les décombres, retournant les cendres, rassemblant les enfants saufs ou blessés qui cherchaient leurs maisons sous les ruines. Et c'est là qu'elle avait recueilli une masse informe mais grouillante, un petit corps de neuf ans amputé des deux jambes et des deux bras. Le tronc qui restait de Miguel continuait de respirer, d'articuler des mots, des mots à sa mère emportée dans le carnage.

Elle enveloppa le tronc du petit bonhomme dans son manteau, ses bras, le serra si fort contre sa poitrine que des sons fusèrent à l'unisson des deux thorax, des deux gorges et filtrèrent par la fente des lèvres jusqu'à la liberté.

Durant des semaines, Pepita soigna le mutilé, pansa ses moignons, lui rendit la mémoire et les mots. Puis un jour, l'enfant ajusta sa voix à celle de Pepita dans une vieille cantilène andalouse, puis une zarzuela, puis une chanson gaie qui arracha son premier rire à l'enfant-tronc.

Le soir même, Pepita avait revêtu sa robe de dentelle blanche et accepté de chanter autour du feu de camp des républicains qui préparaient la riposte. Le chœur des commères n'avait jamais pardonné sa voix d'ange à la plus belle femme du canton de Teruel et se répandit par les collines et les vallées. De village en village, on racontait la vision d'une femme qui tenait dans ses bras le torse d'un enfant-tronc et, tel un accordéon ou une cornemuse, lui arrachait des sons. Puis les contes s'amplifièrent, se répondirent et déferlèrent sur le pays jusqu'aux portes des tentes ennemies. Les portes s'ouvrirent, les tentes se gonflèrent de la rumeur et l'ennemi chargea ses fusils et ses canons.

Pepita, qui avait chanté toute la nuit, au petit jour fut emportée dans la rafle par les franquistes.

Perfecta laisse passer un temps. Le temps de vivre, un demi-siècle plus tard, l'agonie de sa mère. Car la jeune femme trop belle et trop entière ne se faisait pas d'illusions : elle était un plat de choix pour la horde des franquistes. Durant des jours, elle avait stimulé les troupes républicaines avec ses chants de libération et de liberté ; en contrepartie, on l'obligerait à chanter la sérénade à l'Espagne de Franco.

Le combat était inégal. Elle avait un mari, une fille et un fils, plus Miguel, l'enfant-tronc, accueilli chez elle. Sa vie, leur vie contre une chanson. Une chanson à la gloire du général et de sa phalange.
— Ma mère pouvait donner sa vie, mais pas la nôtre. Et elle a chanté.

Ici Perfecta fait une pause. Et je crois que son histoire se termine sur le dernier chant de sa mère. Mais pourquoi serait-ce le dernier, puisqu'elle s'est pliée au vouloir de l'ennemi ? Pour la première fois durant son long récit, je vois sourire Perfecta. Elle tire du coin le plus caché, le mieux gardé de sa mémoire la suite et fin d'une histoire qu'elle s'est juré de venir transplanter dans de la bonne terre.

— Écoutez bien, mamozelle Tonine.

— Je ne saurais mieux écouter, madame Perfecta.

À l'heure convenue, on ne fait pas attendre l'Histoire. Pepita a monté les quatorze marches de l'estrade dressée tel un échafaud au centre du cercle des troupes franquistes. Et chacun a retenu son souffle. En robe de deuil, noire, longue, encolure montante jusqu'au menton, elle a croisé les mains et a chanté chaque couplet du chant de la phalange sur un air de lamento. Jusqu'au bout, sans trémolo, sans un sourire, sans un regard sur la foule sidérée.

Elle avait sauvé la vie de sa famille. Mais pas la sienne. Le lendemain, avant le lever du soleil, la milice est venue l'arracher à son lit pour conduire au lieu de l'exécution celle qui avait osé entonner leur chant sur un air de deuil.

— Fusillée, mamozelle Tonine, pour une chanson.

Perfecta s'arrête.

Puis tranquillement :

— Et personne pour lui fermer les yeux.

Cette fois elle se tait pour de bon. Son histoire est terminée. Le reste, je devrai le glaner, par miettes, en grattant les souvenirs incertains de Diego, de

Federico, du fils et des filles de Perfecta. En grappillant dans ma propre mémoire aussi qui fourmille de mots, d'images qu'y a semés Perfecta durant plus de quinze ans entre le jardin et l'attique de ma maison. Ainsi je peux reconstituer le rôle des Judas de Teruel, le troupeau de mégères envieuses de la beauté de Pepita, qui l'avaient honteusement livrée au camp ennemi. Les mêmes qui tenteront plus tard de chasser Perfecta du ruisseau où elle venait remplacer sa mère. J'apprends aussi qu'au lendemain de la disparition de Pepita, c'est nul autre que son fils Jaïmé, enfant hagard, frappé de stupeur, qui découvrit le tronc sans vie sur son grabat. Il était venu quérir Perfecta, lui avait indiqué du doigt la souche sans racines et sans sève qui gisait là, puis n'avait plus dit un mot.

Je n'ai plus besoin de personne pour comprendre la suite. La mort de l'Espagne mutilée. Le silence de l'Histoire avortée. Votre besoin de partir, Perfecta, fuir une terre maudite, attendre, attendre toute une vie si nécessaire que l'Espagne se revigore, que le pays renaisse de ses cendres.

Mais en attendant, chercher une oreille, une mémoire à qui léguer votre histoire.

25

Vous pouvez maintenant vous endormir, je n'irai plus brouiller vos rêves ni gâcher votre sommeil.

Pourtant je le vois agité. Vous n'avez donc pas droit à une agonie paisible ? N'avez-vous pas achevé le voyage ? Vos yeux seuls peuvent encore parler. Ils passent d'un visage à l'autre, s'arrêtent tantôt sur une fille, le fils, s'attardant sur don Diego, puis se fixant soudain sur Federico qui est incapable de le soutenir et fond comme un petit garçon. Il me prend dans ses bras, Federico, versant dans mes oreilles et mon cou un flot de phrases brouillées de sanglots qui me prennent à témoin :

— ... Qui viendra à l'avenir... me relancer... me contredire... me traiter de mule... et de tête croche ?... Qui, mademoiselle Tonine... qui me gardera en vie quand elle ne sera plus là ?

— Quand elle ne sera plus là, elle sera là plus que jamais, Federico.

Je dis n'importe quoi, je fais des phrases pour boucher les trous de plus en plus longs entre chaque râle. Pour vous soulager, ma respiration essaye de s'ajuster à la vôtre, mais sans succès, mon souffle me trahit et arrache à mes poumons de l'air vif qui n'a aucunement l'idée de lâcher. Vous seriez seule à mourir ce jour-là.

Et à la tombée de la nuit arrive Jaïmé, *el hermanito*. Vos yeux le reconnaissent. Vos lèvres remuent. Et Jaïmé sourit pour deux. Il marmonne un discours commencé il y a un demi-siècle, recousant les uns aux autres les mots qu'il a voulu adresser à sa mère au lendemain de sa disparition. En cinquante ans, il a parcouru toute la terre d'Aragon, fouillé tous les cimetières, toutes les fosses communes, mais nulle part il n'a trouvé la moindre trace de Pepita. Et il se demande, demande à Perfecta si leur mère ne serait pas montée tout droit et vivante en paradis. Vous avez dû répondre que oui. Votre cœur était encore assez fort pour parler sans ouvrir la bouche. Parce que Jaïmé a paru soulagé.

Au petit jour, vous jetez un dernier regard autour de vous, puis en rendant un long souffle, vous vous fermez vous-même les yeux. Quand plus tard le médecin de garde m'avouera que ce geste d'un mourant est très rare et témoigne d'une force d'âme exceptionnelle, je me souviendrai de vos dernières paroles consacrées à la mort de votre mère :

— Et personne pour lui fermer les yeux.

Je regarde le linceul qui enveloppe ce qui reste de vous, une âme vivante, et je vois la courtepointe que, pièce par pièce, j'ai rassemblée à mon insu durant le dernier quart de votre vie. Il m'a fallu du temps pour comprendre qu'il me revenait de la faire, que vous vouliez qu'il en soit ainsi.

... C'était mon anniversaire et vous m'aviez offert une nappe de fine dentelle en point d'Alençon.

— De Brrruges, mamozelle Tonine.

Bien sûr, où avais-je la tête !

— Sauriez-vous me confectionner une courtepointe, madame Perfecta ?

— ... ?

— Vous ne connaissez pas la courtepointe ?

Je la contemple et trouve dans ses yeux creux, son port de tête, son buste droit et haut, son corps toujours sur le qui-vive et prêt à barrer la route au temps qui la guette, je trouve l'autre Perfecta, celle qui porte vingt siècles d'Espagne qu'elle est venue transplanter à la force de ses bras en terre d'Amérique.

— Une courtepointe, doña Perfecta...

... Une courtepointe, cette couverture de lit ouatée et piquée, aux couleurs multiples, fabriquée avec des retailles de coupons d'indienne, des restants de tissus savamment agencés pour envelopper nos nuits de rêves et de souvenirs, une courtepointe, c'est l'histoire d'une vie racontée en pièces rattachées d'étoffe usée, traînée d'une terre à l'autre, d'une mer à l'autre, de l'aube à la brunante et de la naissance à la mort.

Il m'a fallu ces dix-sept ans de vie à vos côtés, dans ma maison, pour comprendre le don que vous étiez venue déposer dans mon âme, dans mon ventre, dans ma mémoire inconsciente, pour rassembler toutes les pièces et les agencer en une couverture en patchwork capable d'emmailloter votre dernier jour dans les couleurs chatoyantes de toute votre vie.

Et il m'a fallu douze ans de vie sans vous pour être en mesure de vous réinventer.

Si de quelque façon j'ai trahi votre mémoire...
... Escousez-moi, doña Perfecta ! on était en confiance.